가난하고 힘들어도

가난하고 힘들어도

지은이 _ 김종숙
1판 1쇄 발행 _ 2015년 10월 31일
1판 2쇄 발행 _ 2020년 10월 9일

펴낸곳 _ 수필미학사
펴낸이 _ 신중현

등록번호 _ 제25100-2013-000025호
등록일자 _ 2013. 9. 2.

대구광역시 달서구 문화회관11안길 22-1(장동)
전화 _ (053) 554-3431, 3432   팩시밀리 _ (053) 554-3433
홈페이지 _ http://www.학이사.kr
이메일 _ hes3431@naver.com

ISBN _ 979-11-85616-82-7 03810

가난하고 힘들어도

김종숙 자전적 에세이

수필미학사

내가 살아온 이야기

　육십 중반을 넘어섰다. 마음은 청춘이지만 몸이 따르지 않았다. 용기와 패기도 사라졌다. 동분서주하던 활동의 폭이 서서히 좁아지기도 했다. 인생의 막바지에 아무것도 내놓을 게 없다는 생각이 문득 떠올랐다.

　그나마 봉사활동이라도 해온 것이 마음의 위안이 되었다. 기부금이나 물품을 보내는 것보다 직접 발로 뛰어다니면서 몸으로 실천하는 봉사에 더 보람을 느꼈다. 도움을 받기보다는 나누어 주고 베풀며 살아가는 게 더 즐거웠다. 열심히 버는 것도 힘들었지만 내실 있게 쓰는 것은 더더욱 힘들다는 것을 깨닫게 하는 삶이었다.

　세상에 태어나서 가난한 어린 시절을 보내고 성인이 되어 무척 치열하게 살아온 삶의 과정을 되돌아보면 만감이 교차했다. 그때마다, 기억 속에 퇴적되어 있는 수많은 추억들이 웅성거렸다. 잘못된 길을 걸어온 적도 많았지만, 힘겨운 시절에 이만하면 잘 살았다는 자부심도 느껴졌다.

　어느 날 문득, 내가 살아온 삶을 내 아들과 며느리, 그리고 손자 손녀에게 들려주고 싶었다. 수많은 난관을 극복하며 살아온 인생을 그냥 버리기에는 아깝다는 생각이 들었다. 삶의 흔적들을 얼마라도 건져내어 글로 남겨 보고 싶은 욕심이 생겼다. 그러나 막상 글로 남기려니 걱정부터 앞섰다. 삶의 기억들을 글로 옮길 재주가 없었기 때문이었다. 글을 어떻게 쓰는지도 몰랐고, 되거나 말거나 그냥 기록해 보자면서 책상머리에 앉으면 머릿속에 아무것도 생각나지 않았다.

그러고 있을 때, 친구 주영화가 글을 배우러 가자는 제안을 했고, 나는 스스럼없이 따라나섰다. 글쓰기에 대한 강의를 들어도, 기초가 없다보니 무슨 말인지 알아듣지 못할 때가 너무 많았다. 포기하기도 여러 번 했었다. 그때마다 함께 공부하던 선생님들의 지도와 격려에 힘을 얻었다. 글쟁이가 아니기 때문에 잘 쓰려고 하지 말고 그냥 있는 그대로 써내려 가라는 말에 용기가 생겼다. 낙서 쪽지에 지나지 않는 글이지만, 한편 두편 긁적여 모은 지가 어느 새 20여 년이 넘었고, 글도 여러 편 모였다.

어설프더라도 한데 모아 책으로 엮기로 했다. 부끄럽기 짝이 없다. 그러나 아름다운 글을 세상에 내어놓는다기보다 삶의 이야기를 진솔하게 풀어놓는다고 생각하며 만용을 부려보았다. 보잘것없는 내가 이런 용기를 얻었다는 것만으로도 내 자신을 칭찬해 주고 싶다.

나를 여기까지 올 수 있도록 지도해주신 시인 김만수 교장 선생님, 수필가 박창원 교장 선생님, 동화작가 김일광 선생님, 소설가 김살로매 선생님 그리고 여세주 교수님께 감사드린다.

2015년 가을에
김 종 숙

■ 차례

2 _ 삶은 치열했다

3 _ 우리도 밥 한번 먹자

4 _ 취한들 어떠랴

5 _ 즐거운 집짓기

1
내일이 있었다

내 고향, 정골

내 고향은 김천시 대항면 정골이다. 내 유년시절이었던 50년대에 우리 마을에는 80여 가구 5개 반이 옹기종기 모여서 살았다. 정씨 집성촌으로 약 팔 할이 정씨이고 나머지는 타성들이었다. 이웃 마을과는 3km 가량 떨어져 있는 외딴 곳으로, 덕대산 속에 들어앉은 마을이었다.

이장과 다섯 명의 반장이 마을을 이끌어갔다. 이장의 말 한마디가 곧 법이었다. 이웃끼리 다툼이 생기면 동사(마을회관)에 불려가서 자치적으로 구성해 놓은 합의부의 재판도 받았다. 기혼자는 물론 미혼이라도 이성 간에 불건전한 일이 벌어지면 당사자는 모두 마을에서 근신 또는 추방을 당했다.

당시에는 전기가 들어오지 않았다. 그러니 전화나 라디오가 없는 것은 당연했다. 겨울에는 짚신을, 여름에는 나막신을 만들어 신었다. 비가 오는 날에는 검정 고무신뿐이었다. 그러나 비록 가진 것은 적어도 마을 사람들은 서로 나누고 베풀면서 살았다. 단합도 잘 되어 없이 살아도 그다지 불편함을 모르고 살았다.

운송 수단이라고는 지게를 빼고는 소달구지가 유일했다. 소달 구지는 마을에 하나뿐이었다. 나무를 다듬어 만든 지게와 써레, 쟁기, 도리깨 등의 각종 농기구, 볏짚으로 만든 소쿠리, 빗자루, 덕석, 돗자리, 비옷과 모자, 신발 등의 각종 생활용품, 여러 가지 농산품을 장날마다 마을과 김천시장을 오가며 실어 날랐다. 왕 복 오십여 리나 되는 거리를 소달구지는 삐거덕거리며 오고갔 다. 그래서 마을 사람들은 소달구지를 마을의 보배라고들 했다.

또 하나의 보배는 종이었다. 종은 마을의 공지사항을 알리는 통신수단이었다. 종소리가 나면 어디에 있든지 주민 모두 귀를 기울였다.

새벽에 종이 울리면 마을 사람들이 모여 장을 보러 갔다. 시장 에 내다 팔 농산물과 5일 동안 가정에서 만든 각종 공예품을 가 지고 동구 밖 정자에 집결해서 소달구지에 싣고 시장으로 갔다.

아침에 종이 한 번씩 울리면 부역을 하는 날이다. 도로에 자갈 깔기, 풀베기, 하천 정비 등, 정부에서 지시하는 작업을 하러 나 오라는 신호인 것이다. 주민들은 아침을 먹고 낫과 삽, 곡괭이 등의 작업 도구를 들고 하나둘 모인다. 마을 공동으로 농사일을 하기 위해 소집을 할 때는 두 번씩 종을 울린다. 모내기, 논매기,

밭매기, 벼 베기, 퇴비 만들기 등 공동 작업에 필요한 농기구를 준비해서 마을 입구 정자에 모인다. 여기서 반별로 나누어 예정된 들과 밭으로 간다.

종이 세 번씩 울리는 건 마을에 길흉사가 있을 때이다. 온 마을 사람들과 아이들까지 그 집에 모여 일을 거들고 먹고 마시면서 하루를 보낸다. 이때는 촌수에 따라서 현금 또는 음식을 준비해서 가기도 한다.

저녁에 한 번씩 치는 종은 마을 회의를 소집한다는 신호다. 이때는 한 가정에 한 사람씩 회의 장소에 모여 다양한 의제를 의논하고 조정하고 결정한다. 여기서 결정되면 곧 마을의 규칙이자 법이다.

종을 두 번씩 치면 도둑이 왔다는 신호다. 이럴 때는 몽둥이와 손전등을 준비하여 남자들만 마을 입구 정자에 모인다. 마을에 들어오는 길이 하나뿐인지라 정자를 거치지 않으면 올 수도 갈 수도 없다. 이곳에 모이면 1반과 2반은 길을 지키고 3반은 우측 길, 4반은 좌측 길, 5반은 중앙을 돌면서 도둑이 어디에 숨었는지 샅샅이 뒤진다. 집 안에 숨어 꼼짝 못하던 도둑이 한참 후에 조용해진 틈을 타 뒷산으로 도망 갈 때도 있었다.

종이 세 번씩 울리면 배급이 이루어지는 날이다. 면사무소에서 보내준 밀가루, 옥수수, 비료 등을 나누었다.

종을 연속으로 울릴 때는 불이 났다는 신호다. 긴박한 상항이니, 밤과 낮이 따로 없다. 어느 곳에 있든, 모든 일을 중지하고 어른 아이 할 것 없이 물지게, 양동이, 세숫대야, 두레박 등 물을 퍼 올리거나 담을 수 있는 그릇을 들고 모두 뛰어나온다.

아주까리나 들깨, 산초 기름으로 불을 밝히던 첩첩산골 작은 마을. 사람 사는 온기가 있고 규범과 질서도 있었다. 이 산골마을에서 더불어 살아가는 지혜가 바로 새마을운동의 원천이 아니었던가 하는 생각이 든다.

도망간 술

어느 장례식장 한쪽에 술병이 가득히 쌓여 있었다. 술병을 보는 순간 돌아가신 아버지가 생각났다. 아버지는 가난한 농가의 맏이로 태어나 쉰둘에 사형선고나 다름없는 간암 말기라는 진단을 받았다. 그날부터 당신은 의사의 권고에 따라 술과 담배를 줄였다. 하지만 석 달 만에 사랑하는 아내와 어린 사 남매와 노모를 남겨두고 세상을 떠났다. 아버지는 유난히도 술을 즐겨 마시고 담배도 많이 피웠다. 마누라 없이는 살아도 술과 담배 없이는 못 산다고 하시던 아버지는 장날이면 고주망태가 되어 집을 난장판으로 만들어 버리기도 했다.

내가 어렸을 적 고향 마을에는 담배 농사를 많이 지었다. 대부분의 주민들은 담배 농사에 매달렸다. 그들의 대표인 총대라는 직함으로 조합 일을 맡아보던 아버지는 관공서 출입이 잦았고,

우리 집에는 마을 사람들이 자주 모여 담배 농사에 관한 이야기를 나누었다. 조합에서 씨앗을 받아 나누고 싹 틔워 모종하는 방법, 어린 잎을 실하게 키우고 꽃을 따서 잎을 크게 자라게 하는 방법 등, 여러 가지 지식과 정보를 교환했다. 필요한 농약을 공동으로 구매하여 나누기도 했다.

가뭄이 심한 여름에는 개울에서 물을 길어 밭에 심어둔 모종에 주어야 하는 힘든 일도 마다치 않는다. 물 주기뿐만 아니다. 좋은 잎을 만들기 위하여 벌레도 잡고 진딧물 약도 친다. 더위를 이기며 정성껏 키운 담배는 여름철이 지나면 어른 키만큼 자란다. 그때쯤이면 웃자란 순을 잘라 키가 너무 자랄 수 없게 해야 한다. 잎을 크게 키우려면, 꽃도 따야 하는데, 이 일을 '꽃대를 지운다'고도 한다. 상처가 없고 크고 좋은 잎을 먼저 따서 꼬아 놓은 새끼줄에 두 장씩 마주 보게 붙여 끼운다. 새끼줄에 끼운 담배를 건조장 천장에 이중 삼중으로 가득히 걸어둔다. 그런 다음 장작불을 뜨겁게 피워 온도를 맞추어 말린다. 이때 건조하는 시간과 온도를 잘 맞추어야 한다. 그렇지 않으면 상품 가치가 떨어지기 때문이다.

잘 말린 고운 잎을 다섯 가지 색으로 구분하였다. 구분된 색상에서 다시 크기별로 나누었다. 색상과 크기로 구분한 것을 엄지 발가락만 한 크기로 묶음을 만든다. 잘 만들어진 제품은 종류별로 상자에 담아 소달구지에 가득히 싣고 조합에 납품하였다. 이

날은 마을 사람들 모두 등급을 잘 받으라고 정화수 떠놓고 두 손 모아 빌었다. 납품한 담배 대금을 받는 날이면 아낙들은 그동안 고생한 품삯을 기대하며 남편을 기다렸다. 서산에 걸린 해를 바라보며 늦을세라 저녁밥 짓고 희미한 등잔불 아래서 바느질하며 남편이 오기를 기다린다.

하지만 남편은 주머니에 돈이 생겼는데 주막집을 그냥 지나칠 수 없다. 외상값 받으려고 동동구리무 바르고 꽃단장한 단골 주막집 영동댁의 상냥함에 정신을 빼앗겨 또 고주망태가 되곤 했다. 그런 분위기에 어울린 아버지는 깜깜한 밤중에 갈지자걸음으로 싸리문을 발로 차고 들어와서 마당 한가운데 쓰러진다. 길게 늘어진 육 척이나 되는 아버지가 감기라도 걸릴세라 어머니는 방안으로 끌어 들이느라 안간힘을 쓴다. 그런 일이 한두 번이 아니었다.

술이 원수였다. 특히 겨울철 농한기에는 주막집에 모여 담배 연기가 가득한 방에서 술을 마시고, 화투판을 벌이며 하루를 보냈다. 아예 며칠씩 집에 오지 않을 때도 있었다. 어떤 때는 엄마의 성화에 내가 모시러 가기도 하였다. 조금이라도 돈을 딴 날에는 만취가 되어도 그나마 조용한 편이었으나 돈을 잃은 날은 집안이 시끄러웠다. 일 년 동안 온 가족이 피땀 흘려 벌어들인 돈을 겨울 한철에 주막집에서 다 날려 버리기도 했다.

나는 술심부름을 도맡아 했다. 막걸리는 주전자에 담아오고 소주는 큰 유리병에 담아왔다. 그러나 담배 심부름은 한 번도 하지 않았다. 담배를 주업으로 하는 우리 집에는 납품하고 남은 담배가 많이 있었기 때문이었다. 아버지의 윗주머니에는 담배 가루를 가득히 담은 쌈지와 꼬부랑하게 생긴 담뱃대와 말린 쑥과 부싯돌은 항상 있었다.

어느 날, 아버지와 어머니는 밭에서 일을 하였고 어린 동생은 밭 자락에서 잠을 자고 나는 밭고랑에서 놀고 있었다. 어머니가 준비한 새참이 부족했는지 아버지는 나에게 술심부름을 시켰다. 언덕길을 따라 산모퉁이를 돌아서 마을로 내려갔다. 주막집에 들러 유리병에 술을 반병 담아 오솔길을 지나고 논밭을 지나 방아깨비와 개구리를 쫓으며 쉬엄쉬엄 걸어왔다. 오후 새참으로 사러 간 술이 해 질 무렵이 되어서야 도착했다. 술을 기다리던 아버지께 술병을 내밀었다. 술병을 받아든 아버지는 멀뚱멀뚱하게 병을 들여다보았다. 나는 영문도 모른 채 늦게 돌아온 죄로 아무 말도 못 하고 서 있었다. 그런데 이상하게 내가 애지중지 들고 온 병에는 술이 한 방울도 없었다. 아버지는 텅 비어있는 빈 병을 멍하니 바라보시더니, 심부름을 시킨 당신이 잘못했다고 하시고는 꾸중하지 않으셨다. 내가 술병을 들고 오다가 쉴 때 병이 돌에 부딪히면서 살짝 금이 가는 바람에 그 틈으로 술이 다 도망가 버렸다. 아무 말 없이 담배 연기만 푹푹 품어내던 아버지, 어린 아들을 나무라지 않던 너그러움을 그때 배웠다.

아버지는 그렇게 좋아하던 술과 담배 때문에 젊은 나이에 사랑하는 아내와 철도 들지 않은 사 남매를 남겨두고 훌쩍 이승을 떠났다. 우리도 돈 벌어 잘 살아보자던 그 약속을 저버린 아버지가 야속하기도 하련만, 늘 그리움으로 남아있는 것은 단지 아버지라는 그 존재감 때문일 것이다.

가난하고 힘들어도

　초등학교 3학년 때였다. 쌀쌀한 초겨울 날씨에도 아랑곳하지 않고, 셋째 시간이 끝나기 바쁘게 친구들과 함께 운동장으로 달려 나갔다. 축구를 하기 위해서였다. 그때는 축구공이 없어 빈 깡통에 돌을 넣고 새끼줄로 묶어서 공을 대신하기도 하고 또는 돼지 오줌보에 바람을 불어넣어 축구공으로 사용하기도 했다. 이리 뛰고 저리 뛰며 우리는 공차기에 정신이 팔렸었다.

　그때였다. 운동장에 놀고 있던 아이들이 갑자기 한쪽으로 몸을 비켰다. 무슨 영문인지 몰라 아이들의 시선이 모이는 곳을 향해 돌아섰다. 몸을 획 돌리는 순간에 거대한 화물차 옆구리가 눈을 가로막는다 싶더니 내 다리가 화물차 뒷바퀴에 휘감겨 돌아갔다. 난방용 석탄가루를 실은 화물차가 내 등 뒤로 달려오고 있었다. 아이들이 비명을 질렀다. 운전기사는 차를 세웠다. 선생님이 윗옷을 벗어 내 다리를 이리저리 동여매고 나를 안고 차에 올랐다. 그 다음 상황들은 내 기억에 없다. 정신을 잃었던 모양이다.

눈을 떠보니, 나는 온돌방으로 된 입원실에 누워 있었다. 병실에는 아버지와 어머니, 외삼촌, 담임 선생님과 교장 선생님도 계셨다. 나는 수술 후의 통증으로 밤새도록 울며 앓았다. 날이 밝아 의사 선생님이 병실로 들어왔다. 다리에 감아놓은 붕대를 풀어헤쳤다. 내 다리는 석회가루로 만든 깁스가 되어 있었다. 깁스 속은 열이 나고 뜨거웠다. 깁스 위에는 치료할 수 있게 여기저기 구멍을 뚫어 놓았다. 시간이 흐르면서 부기도 빠지고 통증도 조금씩 사라져 견딜 만해졌다. 그런데 통증이 잦아든 대신에 가려움이 나를 괴롭혔다. 수술한 부위의 가려움을 참기 어려웠다. 깁스가 되어 있어서 시원하게 긁을 수가 없었다. 깁스 속에 이가 생겨 스멀스멀 밖으로 기어 나올 때도 있었다.

운전기사는 병원에 나를 내려놓고 수술하는 동안에 차량을 몰고 도주했다. 소속회사가 어딘지도 모르는 상황이었다. 그래서 모든 치료비를 우리 집에서 부담해야 했다. 부모님은 자식의 아픔도 아픔이려니와 하루하루 늘어가는 치료비 마련에 걱정이 태산이었다. 어머니는 하루빨리 퇴원해야 한다고 했다. 학교에서도 나의 치료비 마련을 위하여 모금을 했다. 우리 집에서 준비한 돈과 선생님들이 모금한 돈을 합쳐서 치료비 일부를 지불하였다. 나머지는 퇴원 후에 나누어 갚기로 병원 관계자와 합의를 하고 깁스를 한 채 퇴원하였다.

나는 집에서 치료하면서 낫기만을 기다렸다. 그 일로 인하여 한마을에 살고 계시던 담임 선생님은 퇴근을 우리 집으로 하실 때가 많았다. 나를 위로해 주시고, 또 책을 읽어주시면서 수업을 대신하였다. 모든 것이 내 잘못이었지만, 선생님은 아버지 어머니에게 매일 미안한 마음을 전했다. 치료비를 받으러 가끔씩 병원 관계자가 집으로 찾아왔다. 잔여 치료비를 독촉할 때도 있었다. 한번은 돈을 받으러 온 사람이 우리 집에서 아예 숙식을 하면서 기다린 적도 있었다. 협박을 하기도 했다. 협박에 못 이긴 아버지는 이웃집에 가서 돈을 빌려 건넸다.

무척이나 가난한 시절이었다. 교실이 부족하여 초등학교 1~2학년 때에는 창고에서 가마니를 깔고 공부를 했다. 3~4학년이 되어서야 마루로 된 교실로 옮겼다. 5~6학년이 되어 처음으로 책상과 의자에 앉아서 공부를 하게 되었을 때는 모두가 왕자와 공주라도 된 기분이었다. 석탄가루에 흙을 섞고, 물을 부어 만든 수제비 탄으로 겨울을 나던 시골 학교에 학습도구라고는 칠판과 분필과 지우개가 전부였다. 운동장에서 할 수 있는 놀이로는 땅따먹기, 팽이치기, 재기차기, 딱지치기, 고무줄놀이가 고작이었다.

수업이 끝나기 무섭게 집에 돌아와서는 땔감을 하러 산으로 올라야 했고 풀을 베러 들판으로 가야만 하는 시절이었다. 개구리를 잡아 양계장에 팔아 연필과 노트를 샀다. 철로에 박아 놓은 쇠뭉치를 뽑아 엿으로 바꿔 먹고, 부모님 몰래 콩을 가져다주고 눈깔사탕이나 학용품으로 바꾸기도 했다.

봄이 되면 찔레 순을 꺾어 허기를 달랬다. 맛있는 음식을 먹고 새 옷을 입는 추석과 설날을 손꼽아 기다렸다. 가족의 생일날을 벽에 써 놓고 손꼽아 기다리기도 했다. 생일이 다가오면 장날에 꽁치 두어 마리 사서 소금 독에 묻어 두곤 했는데, 그것이 먹고 싶어서였다. 가재를 잡아서 생일날 반찬으로 먹을 때도 있었다. 어쩌다가 집에서 기른 토끼와 닭을 잡아서 끓여 먹을 때도 있었지만, 자식들에게 고기를 많이 먹이지 못해 국물이라도 많이 먹으라 하시던 어머님의 목소리가 지금도 귓가에 들리는 듯하다.

헌 옷을 몇 번이나 꿰매 입고 다녀도 손가락질하는 이 하나 없고, 입학금이 없어 학교에 다니지 못해도 부끄럽지 않았다. 헐벗고 가난하다고 멸시하지 않던 어린 시절이 그립다. 그토록 가난했지만, 그 시절이 아지랑이처럼 따스하게 피어오른다.

호롱불과 참새

"불이야!"

고함을 치면서 사다리에서 뛰어내렸다. 지붕에 불이 붙었다. 놀란 부모님이 제일 먼저 마당으로 뛰어나왔다. 동생과 나는 겁에 질려 담장 옆에 꼭 붙어 앉아 부들부들 떨었다.

동사무소를 지키는 아저씨가 비상종을 울렸다. 동네에 불이 난 것을 알리는 신호였다. 많은 사람이 뛰어왔다. 여자들은 물을 길어 나르고 남자들은 지붕 위아래에 물을 퍼부었다. 모두가 있는 힘을 다해 불을 껐다. 다행히 서까래까지 불에 타지는 않고 이엉이 타다가 불길이 잡혔다. 다행이었다.

나와 동생은 겁에 질린 채 방으로 들어가 가만히 엎드려 있었다. 그때 시렁 위에서 참새 한 마리가 포드득포드득 날아다녔다. 우리가 잡으려던 그 참새가 뜨거워 도망간다는 것이 방으로 날아 들어왔나 보았다. 잡을 생각조차 하지 못한 채 가만히 쳐다보고만 있었다.

그때 밖에서부터 또 "불이야! 불이야!" 하는 소리가 들렸다. 이웃의 일봉이 아버지가 우리 집으로 달려오면서 소리치고 있었다. 처음 불을 끌 때 제대로 끄지 못하여, 남은 불씨가 다시 불꽃을 피웠다. 부모님은 놀라 다시 뛰쳐나갔다. 종은 또 울리고, 사람들이 우르르 몰려왔다. 우리는 감히 방에서 나올 생각조차 하지 못했다. 아버지가 우리한테 빨리 밖으로 나오라고 소리쳤다. 엉겁결에 밖으로 뛰쳐나왔다. 불 끄기는 다시 시작되었다. 불은 지붕 위에서 활활 타고 있었다. 얼마 후 윗불이 다시 잡혔다. 이번에는 속불까지 확인해 가면서 이엉을 헤집으며 물을 뿌렸다.

저녁밥을 먹은 뒤 동생과 나는 방에서 가위바위보를 하면서 손목 때리기 놀이를 하고 있었다. 부모님은 사랑채 창고에서 농사지어 말린 담배를 크기와 색상별로 나누는 작업을 하고 있었다. 즐겁게 놀다가 소변이 마려워 밖으로 나갔다. 달빛이 비치는 마당은 밝았다. 참새 한 마리가 마당의 빨랫줄에 앉아 있더니, 나를 보고는 처마 속으로 자취를 감추었다.

처마에 들어간 참새를 어떻게든 잡고 싶었다. 잡을 방도를 궁리해 보았다. 낮에는 가마니를 벌려 그 입구에 새끼줄을 길게 단 막대기를 기둥처럼 세워 틀을 만들었다. 그리고는 가마니 속에 곡식을 넣어 두고 숨어 있다가 참새들이 날아와 모이를 쪼고 있을 때 순간적으로 새끼줄을 당기면 참새가 가마니 아래에 갇힌다. 그런데 초가지붕 처마 속에 들어간 참새를 잡기는 처음이었다. 동생을 불러 참새를 잡자고 하였다. 동생에게 참새가 다른 곳으로 날아가지 않는지 지켜보라고 했다. 나는 담벼락에 기대어 놓은 사다리를 가져왔다. 사다리를 벽에 걸치고 올라가서 처마 밑에 참새 집이 있는 곳을 찾아보았다. 하지만 어두워서 찾을 수가 없었다. 동생에게 방에 있는 호롱불을 가져오라고 시켰다.

바람에 불이 꺼질세라 동생이 살금살금 사다리에 올라와 호롱불을 비춰 주었다. 드디어 참새 집을 찾았다. 처마 밑의 구멍 속으로 손을 집어넣었다. 참새가 만져지는 순간, 뭉클한 느낌에 깜짝 놀랐다. 참새를 잡기는커녕 손을 뺐는데, 그 순간에 호롱불을 건드리는 바람에 불이 처마에 옮겨붙고 말았다. 우리는 황급히 사다리를 내려오는데, 불은 벌써 지붕 위에까지 붙었던 것이었다.

눈이나 비가 오면 큰 걱정이라면서 날이 밝자 지붕을 다 벗겨내었다. 그리고는 멍석을 덮고 새끼줄로 동여맸다. 그 바람에 우리 형제는 사랑채 창고에서 잎담배와 같이 자야 했다. 가을 추수가 끝나고 깨끗하고 좋은 볏짚을 골라 모두 이엉을 엮어 지붕을 이느라고 우리 집에는 거름 하려고 남겨둔 볏짚뿐이었다. 아버지는 이웃에 다니면서 그나마 좋은 볏짚을 구하여 새끼를 꼬고 이엉을 엮어 새로 지붕을 이을 준비를 하셨다. 며칠 후, 동네 사람들의 도움으로 지붕은 다시 깨끗이 이어졌다.

그날부터 동생과 나는 큰방에 가서 잠을 잘 수 있었다. 그동안 죄책감에 사로잡혀 있던 우리들의 마음도 한결 가벼워졌고, 부모님의 마음도 큰 걱정거리를 덜어낸 덕에 기분이 한층 좋아 보였다.

참새를 잡으려다가 초가삼간을 모두 태울 뻔하였다. 작은 실수가 큰 재앙을 가져온다는 사실을 뼈저리게 느끼게 해 준 사건이었다. 평생을 살아가면서 작은 실수라도 저지르지 않으려고 조심조심하면서 세월의 다리를 건너온 것이 어린 시절의 경험 덕분이다.

가출

김천 직지사역 딘산마을에서 부모님과 사 남매가 함께 살았다. 초등학교를 졸업하고 나는 진학을 포기한 채 농사일을 도왔다. 중학교 시험에 합격하였으나 입학금을 낼 형편이 되지 못했다. 지게를 지고 산에 가서 땔감을 해오고, 아버지를 따라다니면서 농기구를 만드는 데 필요한 나무도 베어 왔다. 저수지 둑을 쌓는 공사장에서 흙을 지게로 나르고, 품삯으로 밀가루를 받아오기도 했다.

어느 날 아랫동네에 사는 작은아버지께서 오셨다. 어디에서 무슨 이야기를 들었던지, 작은아버지는 나를 미국으로 보내는 것이 좋겠다는 말을 꺼냈다. 그렇게 하려면 먼저 고아원에 등록해서 해외 입양 신청을 해야 한다고 했다. 작은아버지의 제안에 어머니는 펄쩍 뛰었다. 부모가 멀쩡하게 살아있는데 자식을 어떻게 고아원에 보내며 남의 나라에까지 보내느냐고 하였다. 작은아버지는 그럼 큰집 형님한테라도 보내자고 하였다. 나에게는 당숙이 되는 분이었다. 당숙 댁은 종손 집인데, 딸만 다섯을 둔 부잣집이었다. 당숙의 양아들이 되면 원하는 공부도 하고 기술도 배울 수 있다고 하였다. 공부할 수 있다는 말에 나는 귀가 솔깃했다.

며칠 후 아버지와 함께 당숙 댁으로 갔다. 당숙 댁은 농사도 지으면서 이발소를 운영하였다. 큰집 누나는 중학교 2학년이고 동생 셋은 초등학생이며 막둥이는 아직 초등학교 입학도 하지 않은 어린애였다. 이발소에는 세 명의 형이 수발을 들고 있었다.

나는 아침에 일어나면 집에서 쓸 물과 이발소에 필요한 물을 길어 와야 했다. 오전에는 숙모님과 함께 땔감을 구하러 산으로 갔다. 솔방울과 솔잎, 나뭇가지를 리어카에 가득 싣고 왔다. 나무하러 안 갈 때는 숙모님과 밭에 가서 농사일을 했다. 저녁 식사가 끝나면 이발소에 가서 종일 사용한 수건을 깨끗이 빨아야 하는 일이 기다리고 있었다. 그것이 나에게 주어진 하루의 일과였다. 누나의 책을 읽는 일은 그 다음이었다. 한 달이 지났으나, 나의 일과는 달라지지 않았다. 공부하려고 양자로 왔는데 나의 하루가 불만스러웠다. 공부하고 기술을 배울 수 있다는 말을 믿고 왔는데, 왜 일만 시키는지 이해할 수 없었다. 머슴살이하러 온 것 같아 은근히 화까지 났다.

두 달이 지나자 아무 말도 하지 않고 집으로 돌아왔다. "아부지, 저 큰집에 못 있겠어요. 학교도 안 보내주고 기술도 가르쳐주지 않고 매일 나무나 하라 하고 일만 시켜요." 그 소리를 들은 어머니는 무척이나 안쓰러워하는 표정이었다. 눈을 지그시 감고 아무런 말도 없이 듣고만 계시던 아버지가 한참 만에 입을 뗐다. "니가 나무 하지 않아도 되도록 아부지가 나무를 해다가 줄테니 내일 같이 가자."면서 나를 달랬다. 아버지는 나무를 한 짐지고, 나는 잡곡 몇 가지를 망태기에 담아 등에 메고 다시 당숙댁으로 갔다. 당숙모가 반갑게 맞이하면서 나를 이발소에 가 있으라고 하였다. 이발소에서 놀다가 형들과 함께 저녁을 먹으러 집으로 왔다. 아버지는 이미 집으로 가고 계시지 않았다. 왠지 밥맛이 없었다.

　아버지가 다녀가신 그 다음날에도 물을 길어 오라고 했다. 숙모는 또 나무하러 가자고 했다. 내가 나무를 안 해도 되도록 어제 아버지가 나무를 한 짐이나 지고 왔는데 나무를 또 하러 가자는 숙모가 이해되지 않았지만, 거역하지 못하고 리어카를 끌고 따라나섰다. 그날부터 오후에는 밭에 가지 않고, 이발소에서 잔심부름을 하였다. 하루는 손님의 머리를 감겨주기도 하였다. 열세 살짜리 조그마한 아이가 옆에 매달려 머리를 감겨주는 게 마음에 들지 않았는지 손님이 벌떡 일어나 혼자서 머리를 감았다. 또 한 달이 지났다. 아들도 보고 이발도 하러 아버지가 나무를 한 짐 지고 오셨다. 이발을 다하신 아버지는 이런저런 이야기를 하고 가셨다.

그날도 아침을 먹기 전에 일찍 물을 길었다. 아침식사가 끝나자 숙모는 또 나무하러 가자고 했다. 그 말에 무척 화가 났다. 공부고 기술이고 다 그만두고 싶었다. 양자도 싫었다. 머슴살이 노릇을 더 이상 할 수는 없다는 생각이 들었다. 아무 말도 없이 다시 집을 나왔다. 당숙모가 불렀으나, 뒤도 돌아보지 않고 우리 집으로 돌아왔다. 집에는 아무도 없었다.

점심때가 되어서야, 부모님이 밭에서 돌아오셨다. 아버지는 어제 다녀왔는데 웬일이고 하면서 나를 불렀다. 어머니도 깜짝 놀라면서 자초지종을 물었다. 내 이야기를 다 듣고는 내일 아버지와 함께 다시 가라고 했다. "이제, 안갑니다. 내가 그 집 머슴인가요? 안 갑니다, 안 가요. 그냥 집에서 일할게요." 옆에서 듣고 계시던 아버지도 그러라고 하셨다. 밭매기와 풀베기 등, 농사일에 잘 적응되었다. 아버지는 힘들지만 야학이라도 하라며 할머니 손잡고 다니던 교회로 갔다. 교회에는 야간에 중학교 과정의 재건학교가 있었다. 5킬로나 떨어져 있는 재건학교를 걸어서 꼬박꼬박 다녔다. 공부를 한답시고 교회 마룻바닥에 앉아 있으면 잠이 쏟아졌다. 그래도 공부한다는 재미에 열심히 다녔다.

서울로 간 친구가 고향에 다니러 왔다. 친구는 초등학교 졸업하자 이모님이 오셔서 서울로 데리고 갔다. 오랜 만에 만나서 고향 소식과 서울 이야기를 나누면서 뜬눈으로 하룻밤을 보냈다. 친구도 농촌에 있을 때에는 얼굴이 꾀죄죄했는데 서울 가더니 상당히 세련되어 있었다. 피부도 깨끗하고 말씨도 부드러워졌다. 불현듯 나도 친구처럼 서울로 가서 돈도 벌고 공부도 하고 싶다는 생각이 들었다. 중학교를 합격하고도 입학금을 내지 못할 만큼 가난했던 나로서는 돈도 벌면서 공부도 할 수 있는 방법은 서울로 가는 수밖에 없다고 생각했다.

아침이 되어서야 집에 들어왔다. 아버지께 오늘은 친구와 함께 놀겠다고 허락을 받았다. 부모님은 담배 꽃을 따러 밭에 가셨다. 담배 잎을 키우기 위하여 열매를 맺지 못하도록 하는 일이었다. 나는 다시 친구를 만났다. 이런저런 이야기 끝에 나도 서울에 가기로 마음을 굳히게 되었다. 그러나 돈이 없었다. 생각 끝에 평소 아버지의 심부름을 자주하던 이웃집이 생각났다. 아버지의 친구분은 달구지를 끌고 다니면서 곡물상을 하였기 때문에 수중에 항상 돈이 있었다. 동네 사람들은 돈이 필요하면 늘 그 집에서 빌렸다. 내가 아버지의 심부름을 왔다며 돈을 빌려달라고 하면 주실 거로 생각했다.

다음날 일찍이 아버지 친구 집으로 갔다. 아버지가 삼백 원만 빌려오라고 했다며 능청스럽게 거짓말을 꾸며댔다. 친구분은 선뜻 돈을 빌려주었다. 삼백 원을 받아 쥐고는 단걸음에 우리 집으로 왔다. 친구와 같이 부엌 벽에 걸려 있는 마늘 한 접을 뭉치고, 참깨도 한 사발 꺼내어 보자기에 둘둘 말았다. 보따리라고 해 봐야 그것뿐이었지만, 그것을 옆구리에 끼고 집을 나섰다. 우리는 직지사역으로 정신없이 달려갔다. 역에 도착하여 한숨을 돌리면서 두근거리는 마음을 진정시키고 나니, 그제야 서울로 간다는 생각에 마음이 설레기 시작했다. 대합실에는 사람들이 띄엄띄엄 기차를 기다리고 있었다.

기차가 도착하자 사람들은 먼저 타려고 달려들었다. 우리도 달려가서 열차에 몸을 실었다. 처음으로 타보는 기차였다. 친구와 나는 이리저리 다니면서 빈자리를 찾아서 앉았다. 서울 생활의 꿈에 부풀었다. 그러다가 어느 순간에 부모님이 떠올랐다. 여간 죄스럽지가 않았다. 아버지와 어머니가 뒤따라오면서 부르는 소리가 귓가에 들리는 듯했다. 열차는 대전역에 도착하였다. 대전역에서는 쉬는 시간이 길었다. 창문으로 먹을거리를 팔려는 장사꾼들이 분주하게 오갔다. 차 안에도 장사꾼들이 이리저리 바삐 움직이면서 하나라도 더 팔려고 조급하게 움직였다. 먹고 싶었지만 차마 돈을 쓸 수가 없었다. 겨우 삶은 달걀 한 줄을 사서 친구와 둘이 나누어 먹었다. 달걀 맛은 꿀보다도 더 맛있었다.

어느덧 해는 지고 어둠이 내렸다. 이내 스피커에서 안내 방송이 나왔다. 곧 서울역에 도착할 예정이니 잃은 물건이 없는지 살피라는 방송이었다. 나의 서울 생활은 이렇게 시작되었다. 서울역은 종착역이면서 내 힘겨운 삶의 출발역이기도 했다.

아이스께끼와 찹쌀떡

서울역 대합실을 빠져나오니, 눈이 휘둥그레졌다. 울긋불긋 번뜩이는 네온사인이 황홀했다. 전광판의 재봉틀은 실제로 돌아가고 있는 듯한 착각을 불러일으켰다. 한참 동안 멍하니 서 있었다. 5원을 내고 전차표 두 장을 샀다. 왕십리 방향 전차에 몸을 실었다. 전차는 종을 치면서 도로 중앙의 철로 위를 달렸다. 밤거리의 화려함에 넋을 잃고 있었다. 그사이에 전차는 우리의 목적지인 신당동에 도착하였다.

골목길을 한참이나 걸어서 친구의 이모님 댁에 도착하였다. 이모님은 우리를 반겨주셨고, 나는 둘러메고 온 마늘과 참깨를 꺼내 놓았다. 허기진 배를 채우고 방에 들어가 자려고 했는데 방의 주인인 형이 들어왔다. 면구스러워 벌떡 일어나니, 형은 괜찮다면 그냥 자라고 했다. 이리저리 뒤척이다가 새벽녘에 겨우 잠이 들었다.

이튿날, 친구는 밥을 먹는 둥 마는 둥 출근한다며 나갔다. 나는 대문 앞에서 분주히 움직이는 사람들을 보았다. 생동감 넘치고 세련된 서울 사람들, 여자들은 너무나 아름다웠다. 지나가는 여자들의 종아리만 훔쳐보고 있는데 이모님이 불렀다. 고려대학교에 다닌다는 형에게 인사를 하고 같이 아침을 먹었다. 이모님은 아이스케이크 공장으로 나를 데리고 갔다. 공장이라고는 하지만 조그마한 창고였다. 공장에는 여자 두 분이 기계를 조작하면서 아이스케이크를 만들고 있었다. 이모님과 사장님은 한참 동안 대화를 나누었다. 이모님이 가시자 사장님이 나에게 아이스케이크를 만드는 방법과 판매하는 방법에 대하여 설명해 주었다. 공장에서 밥도 해 먹고 잠도 자라고 했다. 여자들은 꾀죄죄한 나를 보고 신기한 듯 이것저것 많은 것을 물어보았다.

오후가 되었다. 나보다 나이가 많은 어떤 형이 왔다. 그 형은 나무로 만든 통에 얼음을 넣고 아이스케이크를 담았다. 그 위에 얼음을 덮어 주면서 통을 메고 따라오라고 했다. 골목길을 다니면서 형이 '아이스께끼' 하고 소리를 지르면 나도 따라 했다. 사람들이 창문을 열고 '야' 하고 부르면 부리나케 뛰어 갔다. 두 개에 1원씩 판매했는데 재미있었다. 그러나 어깨가 아프고 다리도 아팠다. 힘이 들어 처마 밑 그늘에서 통을 의자 삼아 쉬었다. 앉아서 소리를 질러보았지만, 팔리지 않았다. 골목길 가게에서도 아이스케이크를 팔았기 때문이었다. 사람들은 더운 날씨에 눈에 보여야 충동적으로 사 먹는다. 힘은 들었지만 팔리는 재미에 골목길을 누비고 다녔다. 한 통을 다 팔았다.

아이스케이크 통을 내려놓고 형을 따라 옆집으로 갔다. 꿀꿀이죽을 한 그릇씩 먹었다. 형은 아이스케이크를 한 통 더 담으라고 하였다. 어름을 깔고 아주머니가 헤아려주는 대로 아이스케이크를 담고 얼음을 덮어 팔러 나갈 준비를 하였다. 몇 사람의 판매원들이 더 있었다. 어둠이 짙어오는 여름밤 공원으로 갔다. 처음에는 사람이 별로 없어 이리저리 다녀보아도 팔리지 않았다. 한참을 지나자 더위를 식히기 위하여 많은 사람이 나왔다. 아이스케이크가 차츰 팔리기 시작했다. 하지만 통금시간이 다가오면서 사람들은 줄어들고 아이스케이크는 반이나 남았다. 형은 투덜대면서 공장으로 가자고 했다. 목욕하고 공장 한쪽 구석에 박스를 깔고 잠자리에 들었다.

아침이 되어 아주머니들이 출근하고서야 겨우 일어났다. 잠시 후에 사장님도 오셨다. 시키는 대로 구석구석 청소를 했다. 사장님이 가져온 도시락으로 아침을 먹었다. 아주머니 두 분이 하는 일을 돕고 있는데 친구의 이모님이 오셨다. 이모님은 팬티와 러닝셔츠를 가지고 오셨다. 형의 옷이라고 갈아입고 입은 옷은 저녁에 세탁하라면서 이모님이 다독여 주었다. 이모님이 가고 나니, 왠지 서러움이 북받쳐 나도 모르게 눈물이 주르르 흘렀다.

점심을 먹고 나자 사장님은 작은 통을 주면서 오늘은 혼자서 팔아보라고 하였다. 다른 형들이 가기 전에 먼저 가서 팔려고 빨리 나갔다. 골목길을 누비면서 '두 개 일 원! 두 개 일 원!'이라고 소리를 질러 보았다. 마음먹은 대로 팔리지 않았다. 아무리 다녀도 팔리지 않다가, 학생들이 지나면서 순식간에 다 팔렸다. 나는 신이 났다. 더 팔아야지 하면서 공장으로 뛰어왔다. 모두 대단하다고 칭찬하였다. 그것도 잘 팔리는 시간이 있었다. 아이들이 학교에서 돌아오는 시간에는 잘 팔린다고 했다. 빨리 돈을 벌어 고향의 어머니에게 보내야 한다는 생각에 열심히 팔러 다녔다.

추석이 되었다. 설레는 마음에 고향에 가고 싶었다. 나는 이모님에게 말씀드렸다. 이모님은 고생하여 번 돈은 쓰지 말고 형의 옷을 입고 다녀오라고 하였다. 그동안 모은 돈으로 운동화를 샀다. 새 운동화를 신고 형의 세련된 옷을 입고 기분 좋게 열차에 올라 고향에 도착했다.

부모님은 돈까지 빌려 도망간 아들을 꾸중하기는커녕 반가워서 어쩔 줄 몰라 했다. 그동안 어떻게 살았는지 물었다. 아이스케이크를 팔러 다닌다는 말은 차마 못 했다. 친구와 함께 공장에 다닌다고 거짓말을 하였다. 그동안 모은 돈을 부모님 앞에 내놓았다. 부모님은 이웃 사람들에게 '우리 아들 서울 가서 돈 벌어왔다.'고 자랑까지 하고 다녔다.

다시 서울로 왔다. 계절이 바뀌어 아이스케이크 공장은 찹쌀떡 공장으로 변하였다. 찹쌀떡은 저녁에 팔러 다니기 때문에 어두워야 통을 메고 나간다. 눈 오는 날이면 특별히 잘 팔린다. 바람 부는 저녁이면 잘 팔리지 않는다. 통행금지 사이렌 소리가 울리기 전에 공장으로 들어가야 했다. 혹 늦어서 파출소에 잡혀가더라도 소년이라고 훈방조처되었다. 눈보라 치는 겨울, 영하 20도를 오르내리는 밤길을 따뜻한 옷도 제대로 입지 못하고 다니다 보니 손과 발이 다 얼고 귀도 얼어 터졌다.

사장님은 아침에 공장 청소해 놓고 학원에 가서 공부하고, 오후에는 공장에서 떡을 만들고, 저녁에는 팔러 다니라고 하면서 검정고시 학원에 등록시켜 주셨다. 고생은 되지만 사장님이 매우 고마웠다. 공부가 하고 싶어 큰집에 양자로 갔다가 도망을 나왔고, 또 서울까지 도망을 오지 않았던가. 자부심을 품고 열심히 학원에 나갔다. 그러나 피곤한 나머지 졸음이 한없이 쏟아졌다. 공부는커녕 엎드려 자는 시간이 더 많았다. 체력의 한계를 뛰어넘을 수는 없었다. 사장님의 따뜻한 배려를 배신하고, 나는 결국 공장을 그만두고 말았다.

소년 가장

　자활촌에 들어갔다. 대형 천막을 쳐놓고 노숙자들을 모아서 먹여주고 재워주고 자립시키는 곳이다. 천막 하나에 2~30명씩 비와 바람을 피하고 뒤엉켜 자는 곳이다. 이곳에서 생활하는 사람들은 주로 넝마주이(지금의 폐품 수집), 신문팔이, 구두닦이다. 나는 구두닦이를 하겠다고 자청했다. 구두닦이는 아침에 일을 시작하여서 해가 질 무렵이면 마쳤으므로, 저녁에는 학원에라도 가서 공부할 수 있었기 때문이었다. 나는 제일 힘이 든다는 찍새였다. 이곳저곳에 가서 닦을 구두를 받아오고 갖다 주는 역할을 하는 아이를 찍새라고 불렀다. 아이스케이크를 팔면서 뛰어다니던 소질이 있었다. 빨리 다니면서 많이 찍어오면 되었다. 힘은 들었지만, 돈을 많이 받기 위하여 그곳에서 열심히 뛰어다녔다. 하루 벌어온 돈은 자활촌과 분배를 한다.

저녁에는 학원에서 공부하는 즐거움으로 시간 가는 줄 몰랐다. 찬바람에 손이 얼고 귀가 얼어서 가려워도 참으면서 열심히 뛰어다녔다. 돈도 벌고 공부도 하고, 이렇게 좋은 데가 또 어디 있단 말인가. 학원에서는 곧 검정고시가 있다고 사진을 찍었다. 필요한 서류도 준비하여 접수하였다. 더 열심히 하겠다고 스스로 다짐하고 또 다짐했다. 시험 보는 날을 손꼽아 기다리며 열심히 뛰어다니고 공부도 했다.

시험을 며칠 앞두고 전보가 날아왔다. 아버지가 돌아가셨다는 전보였다. 하늘이 무너져 내리는 것 같았다. 그토록 건강하시던 아버지가 돌아가시다니? 마을에서 힘이 제일 세다는 우리 아버지가 왜 돌아가셨단 말인가? 슬픈 줄도 몰랐다. 그냥 머리가 멍하고 무감각했다. 집으로 가는 짐을 챙기는 동안, 아버지가 없는 가정과 가족들의 모습이 머릿속을 가득 채우고 있었다.

짐이라 할 것도 없지만, 이것저것 챙겨 서울역으로 갔다. 부산행 야간열차에 몸을 실었다. 아버지와 함께 다니면서 일하던 모습들이 하나둘 떠올랐다. 잠은 오지 않았다. 기차가 김천역에 도착한 것은 새벽녘이었다. 어둠이 가시지 않아 거리는 캄캄했다. 아무 생각 없이 걸었다. 이삼십 리를 걸어 마을에 들어왔다. 마을 입구 정자에는 마을 사람들과 친지들이 아버지의 장례 준비를 하느라 분주했다.

집에는 친척들과 많은 사람이 와 있었다. 나를 가장 먼저 본

고모님이 내 손을 덥석 잡았다. 나를 이끌어 안으로 들어가시면서, '이 집 작은아들 왔네.'라고 하면서 큰 소리로 울었다. 어머니도 나를 부둥켜안고 울었다. 그러나 나는 왠지 눈물이 나지 않았다. 내가 방으로 들어가는 순간 아버지의 시신은 여러 사람의 손에 들려 밖으로 나오고 있었다. 모든 가족들이 아버지의 시신이 들려 나가는 뒤를 따라 엎어진 바가지를 밟고 나갔다. 집안은 온통 울음바다였다. 그래도 나는 눈물이 흐르지 않았다. 그냥 슬프기만 하였다. 노제가 끝나고 상여를 따라 산에 도착하였다. 하관이 끝나자 여자들은 집으로 내려갔다. 남자들은 묘의 봉우리를 만들었다. 묘를 세 바퀴 돌면서 달고를 외치고는 집으로 내려왔다.

어머니와 고모님이 대문 밖에서 기다리고 계셨다. 들어오는 상주를 맞으며 모두 울고 계셨다. 그제야 나도 눈물이 쏟아졌다. 어머니와 부둥켜안고 한참을 울었다. 아버지의 모습이 나의 앞을 가렸다. 눈물이 나의 뺨에 계속 흐르고 있었다. 아무것도 먹지 않아도 배도 고프지 않았다.

해 질 무렵, 사람들은 하나둘 떠났다. 저녁에는 친척들만이 남았다. 우리 가족을 위로하면서 앞으로 살아갈 일을 궁리했다. 식구들 양식거리도 안 되는 농사를 지으며 나무로 농기구를 만들어 팔아서 겨우 연명해 오고 있던 터라, 아버지 없이 여자와 아이들만 살아간다는 것이 큰 걱정이었다. 형은 군에 복귀해야 하니 나에게는 어머니와 함께 농사를 지으라고 하였다. 모두가 작은아버지의 말씀에 동의하였다. 삼우제가 끝나고 친척들도 모두 떠났다. 형마저 군에 복귀하였다.

어머니와 동생 둘만이 남으니 집에는 적막감이 가득했다. 그토록 하고 싶었던 공부를 미루기로 작정하였다. 검정고시 원서를 내어놓고 기뻐서 펄펄 뛰었던 마음이 아득하게 멀어졌다. 열심히 하겠다는 결심도 다 수포로 돌아갔다. 오막살이 초가집의 가장이 되었다. 어머니는 일하러 나가고, 여덟 살 난 여동생의 손을 잡고 입학식에도 갔다. 가장의 역할 중 하나로 아이가 아이의 보호자가 되었다. 입학식이 끝나고 집으로 돌아오는 길에 이웃집 우호 엄마는, 너희 아버지가 하던 일을 네가 다 해야 한다고 하셨다. 나는 모든 것을 그대로 받아들였다. 어머니와 함께 가장으로서 해야 할 집안일은 물론이고 친인척의 길흉사도 다니고 돈이 된다는 품팔이는 마다하지 않고 다녔다.

일 년이 지났다. 형이 제대하고 돌아왔다. 마음이 든든했다. 집안에 따뜻한 기운이 돌았다. 며칠 후, 이제 형이 왔으니 나는 서울로 가겠다고 했다. 어머니는 함께 있고 싶어 하면서도 나의 장래를 먼저 생각해 주었다. 추석이나 쉬고 가라고.

또 놓쳐버린 검정시험

고향을 떠나는 발걸음은 무거웠다. 따끈한 초가을 날씨와 살랑살랑 불어오는 가을바람에 들판은 온통 황금색으로 변해가고 있었다. 땔나무를 하느라 신발이 닳도록 오르내리던 덕대산이 저 멀리서 뛰어와 너 어디 가느냐면서 어깨를 잡고 붙드는 것만 같았다. 먼 훗날 돈 많이 벌어 그때 돌아오겠노라고 소리 없는 외침으로 맹세하고 길을 나섰다.

서울행 기차에 올랐다. 서울로 간다고 큰소리는 쳤지만, 사실 마땅히 갈 데가 없었다. 어디로 가서 무엇을 해야 할까. 잠은 어디에서 잘까. 머릿속이 복잡했다. 하지만 돈을 벌어서 잘살려면 무조건 농촌은 떠나야 한다는 생각뿐이었다. 창가에 앉아서 농부들이 일하는 들녘을 바라보며 나에게 주어진 삶은 왜 이렇게 힘이 드는가 하는 생각에 절로 한숨이 나왔다. 내가 원해서 나선

걸음이지만 앞날은 아득하기만 했다. 어머니가 챙겨준 고구마로 점심을 때웠다. 언제 먹어도 꿀맛 같았던 고구마도 맛이 없었다. 배가 부른지 고픈지 도무지 감각이 없었다. 머릿속은 온갖 잡생각으로 복잡할 뿐이었다.

어느새 기차는 서울역에 도착했다. 반가워야 할 서울인데 막막하고 서러운 생각이 들었다. 아무리 생각해도 갈 곳이 없었다. 어둠을 헤치고 무작정 걸었다. 통행금지 시간이 가까운지라 중부시장의 을씨년스러운 노점에서 하룻밤 신세를 져야 했다. 포장 속에 살그머니 들어가 누웠다. 경비원이 지나가면 숨소리조차 내지 못했다. 새우잠으로 밤을 지새우며 통금이 해지되기만 기다렸다. 통금해제를 알리는 사이렌 소리가 들려 푸시시 일어났다.

또 걷고 걸었다. 장충단 공원이었다. 계단에 앉아 있으니 이른 아침의 가을바람은 차갑게만 느껴졌다. 운동하러 오가는 사람들의 시선이 곱지 않았다. 하지만 의지할 곳이라고는 없는 나에게 아이스케이크를 팔러 다니면서 익숙해진 이 길이 그나마 조금은 위안이 되었다.

배가 고팠다. 저녁과 아침을 먹지 못해 주린 배를 수돗물로 채웠다. 옆에 있던 내 또래의 한 아이도 물로 배를 채우고 있었다. 이동규, 나와 같은 동갑 나이에 경북 성주에서 왔다고 하였다. 우리는 이런저런 대화를 주고받는 사이에 서로 의지하며 살자

는 마음으로 친해졌다. 하지만 우리 모두 서울 어디에도 머물 곳
이라고는 없었다. 세 끼를 굶으니 앞이 보이지 않았다. 그 친구
는 삼 일째 아무것도 먹지 못했다고 했다. 공원에서 하룻밤을 서
로 의지하면서 지냈다. 하는 수 없이 친구와 헤어져 찹쌀떡 공장
에 가기로 마음먹었다. 공부는 다음이고, 아버지가 안 계시니 우
선 돈부터 벌어 고향에 보내야 하고 나도 먹고살아야 한다는 마
음뿐이었다.

굶은 짐승인 양 자존심도 버리고 싫다며 내치고 나왔던 곳을
다시 찾아갔다. 사장님은 아무런 일도 없었다는 듯 나를 반갑게
맞아주었다. 밥을 하는데 끓는 냄새가 얼마나 구수한지 말로는
다 표현할 수 없었다. 굶은 배부터 채우니 왕자도 부럽지 않았
다. 새우잠일지라도 불안에 떨지 않고 마음 편히 잘 수 있었다.
열심히만 하면 돈도 벌 수 있었다. 힘들지만 공부도 할 수 있다.
돈이 없어 아무것도 하지 못하는 어머니와 동생들을 생각하면
한 푼도 쓸 수가 없었다. 조금만 모이면 우체국에 가서 집으로
보냈다. 집에서는 돼지 새끼 사놓았다고 편지가 왔다. 돈 때문에
학원에는 못 갔지만 틈나는 대로 공부도 하였다.

따뜻한 봄이 되었다. 여름을 준비하느라 공장은 잠시 문을 닫
았다. 쉬는 틈을 이용하여 어느 학원에 취직했다. 청소해 주는
대가로 숙식도 해결할 수 있었고 공부도 할 수 있었다. 검정고시
합격의 영광을 생각하면서 일도 공부도 누구보다 열심히 하였

다. 드디어 운명의 그날이 내일로 다가왔다. 원장님은 "촌놈, 너는 보나 마나 합격이야. 아마 일 등을 할 거야. 내일 아침에 일찍 시험장으로 와." 하고는 퇴근하였다.

나도 편안한 마음으로 쉬었다. 그런데 갑자기 옆구리가 아파왔다. 조금 있으면 낫겠지 하고 참았다. 밤이 깊어지니 참을 수 없을 정도로 더욱 심하게 아팠다. 아픈 허리를 움켜쥐고 날이 밝기를 기다렸다. 전혀 움직일 수도 없었다. 누가 오기만을 기다렸다. 날이 밝아도 아무도 오지 않았다. 시험 보러 가야 하는데 하면서 끙끙대고 웅크리고 있었다.

원장님이 헐레벌떡 뛰어왔다. 학생들을 시험장으로 들여보내고 내가 오지 않자 놀라서 뛰어온 모양이었다. 웅크리고 있는 나를 업고 급히 병원으로 갔다. 결핵성 늑막염이었다. 폐에 물이 고여 주사기로 물을 1리터나 빼내었다. 빈곤에서 오는 병이라고 했다. 돈이 아까워 굶기를 밥 먹듯 했던 것이 나의 몸을 너무 허약하게 만들었다. 장기간 치료를 필요로 한다면서 약도 먹으라고 하였다. 원장님의 부축을 받으면서 학원으로 왔다.

결국, 시험을 또다시 놓치고 말았다. 몸은 학원에 누워 있었지만, 마음은 시험장에 가 있었다. 검정시험과는 인연이 닿지 않는가 보다 여겼다. 포기하자. 잊어버리자. 내 사전에 시험은 없다. 공부할 필요도 없다. 집 생각이 절로 났다. 어머니도 보고 싶고, 형제들도 보고 싶었다. 병원에 다니면서 치료를 계속하기 때문에 고향에 갈 수도 없었다. 하루건너 병원에 가서 물을 빼내야 했다.

이곳에서 더는 있을 수 없었다. 아픈 몸을 간신히 추슬러 부산행 완행열차에 올랐다. 직지사역에서 내려 엉금엉금 기다시피 집으로 들어갔다. 가족들 모두가 깜짝 놀랐다. 초주검이 되어 돌아온 자식이 얼마나 안쓰러웠을까. 돈 벌어 공부한다고 서울로 간 아들이, 몸도 제대로 가누지 못하는 몸으로 돌아왔으니, 모두가 할 말을 잃었다.

이튿날 병원으로 갔다. 쉬면서 약을 꾸준히 복용하고 잘 먹으면 완치된다고 하였다. 먹을 식량도 없는 판국에 무엇으로 잘 먹는단 말인가. 기가 막힐 노릇이었다. 하는 수 없이 개구리와 뱀을 잡아먹었다. 재발하지 말라고 송진을 따와서 엿을 만들어 먹기도 하였다. 씨암탉을 잡아 지네와 함께 푹 꼬아 먹기도 했다. 시간이 지나자 체력이 회복되고 병도 완치되었다. 내 집이 최고였다. 가족이 최고의 의사이고 보약이었다.

내일이 있었다

 미친놈이었다. 또 서울 병이 났다. 다시 서울로 가리라 마음먹었다. 어머니는 이제 서울에 가서 고생하지 말고 집에서 형제들이랑 같이 살자고 하였다. 하지만 이미 허파에 바람이 들었다. 공부도 해야 하지만 사람은 서울서 살아야 된다는 확신이 있었다. 농사지어봐야 고생만 하지 별수 없다고 생각했다. 맨주먹을 쥐고서라도 서울로 가야 한다고 여겼다. 남들은 나보고 아이라고 하지만, 구두닦이, 신문팔이, 아이스케이크와 찹쌀떡 장수 등 산전수전 겪은 몸이었다. 두 주먹 불끈 쥐고 뛰자. 굶어도 좋다. 이제는 망설임도 없다. 무서운 것도 없다. 무작정 간다, 서울로.
 어머니가 챙겨준 잡곡 몇 가지를 망태기에 담아 메고 김천역으로 갔다. 어두운 밤 서울행 군용열차를 탔다. 군인들이 타는 열차와 민간인들이 타는 열차로 구분된 기차였다. 사람들이 별로 없었다. 통로에는 군인들과 헌병들만이 오갔다. 흔들리는 의자에 기대어 잠을 청했다. 용기있게 집을 나서긴 했지만 정처 없이 떠나온 마음에 자는 둥 마는 둥 어느덧 서울역에 도착했다. 먼동이 트고 있었다. 오갈 데 없는 신세, 막막하기만 한 서울이었다. 서울역 광장에 우두커니 서 있었다. 하지만 마땅히 갈 곳이 아무 데도 없었다.

문득, 친구네 이모 집이 떠올랐다. 용기를 내었다. 이모님 내외가 '오랜만에 왔구나.' 하면서 반겨주었다. 메고 간 잡곡 보따리를 내려놓았다. 저녁을 거른 탓에 차려 준 아침밥이 꿀맛 같았다. 그나마 마음이 편안했다. 내 집인 양 씻고 방에 들어가 한숨을 자고 일어났다. 오후가 되어 집 주변을 배회하며 친구가 오기를 기다렸다. 친구는 밤이 되어서야 퇴근하고 돌아왔다. 고향 이야기로 늦게 잠이 들었다.

이모네 집에는 비밀 공장이 있었다. 부엌으로 들어가 쪽문을 통과하여 지하로 내려가면 그곳이 비밀공장이었다. 밤 열두 시부터 새벽 네 시까지, 아무도 다니지 않는 통행금지 시간에 밀주를 만들었다. 밀주 판매는 매우 비밀스럽게 이루어진다. 길에서 만나 암호가 통하면 밀주를 전달한다. 낮에는 아무 일 없다는 듯이 조용하다가 밤이 되면 바쁘게 돌아간다. 통행금지 시간이 해지되면 재빨리 밀주 원액을 담은 포대를 어깨에 메고 날이 밝기 전에 배달한다. 배달하는 사람이 누구인지 아무도 모른다. 혹 단

속반에게 잡히기라도 하면, 어떤 사람이 수고비를 주면서 부탁하기에 처음 해보는 일이라고 하라는 교육도 받았다. 집에 들어올 때는 뒤에서 미행하는 사람이 있는가, 주위를 살펴가면서 재빨리 들어와야 했다. 늦은 밤과 새벽을 택하여 며칠을 배달하였지만 용케도 실수한 적은 없었다.

배가 고플 땐 술을 짜고 남은 지게미를 간식으로 먹었다. 어느 때는 너무 많이 먹어 술에 취하기도 하였다. 이모님은 나를 믿고 배달을 잘하라고 자전거까지 사 주셨다. 어깨에 메지 않고 자전거로 배달하니, 편리하고 빨리 다닐 수 있었다. 하지만 자전거를 타고 집에까지는 올 수 없었다. 중간 장소에서 기다리면 누군가 밀주를 메고 왔다. 그 사람과 암호를 교환하여 물건을 받아 먼 곳으로 배달하였다. 배달이 끝나도 자전거는 보관소에 맡겨 두었다. 어린 나이였지만, 밀주를 배달하는 일이 평생 직업은 될 수 없다는 생각이 들었다.

새로운 일자리를 수소문했다. 봉제 공장이었다. 실타래를 풀어 원단을 짜서 옷을 만들었다. 잠도 자고 밥도 먹고 기술도 배울 수 있는 곳이었다. 하는 일이라고는 실타래를 물레에 올려 뭉치를 만들고 이것을 원단 짜는 기계에 올리는 작업이었다. 실이 끊어지면 기계가 자동으로 서기 때문에 재빨리 이어야 했다. 옷감 짜는 기술을 배우기 위하여 기술자들이 쉴 때에는 기계를 여기저기 만져보고 흔들어 보기도 하였다. 밤 열 시가 되어 기술자들이 퇴근하면 혼자서 연습했다. 한번은 연습하다가 기계가 망가져 아침에 뺨을 맞기도 했다. 그날은 기계를 고치느라 종일 일을 못 했다. 월급은 한 푼도 없었다. 그저 잠자고 밥 얻어먹는 게 고작이었다.

그간에 어깨너머로 틈틈이 기술을 배웠답시고 다른 공장으로 일자리를 옮겼다. 삼 개월 만에 기술자 행세를 하면서 월급도 받게 되었다. 섬유 산업은 60년대 대한민국의 효자였다. 자원이 없는 국가에서는 오로지 수출만이 살길이라는 것이 정부의 정책이던 때였다. 섬유는 그 당시 대표적인 수출 품목이었다.

그런 탓에 시골에서 도시로 오면 누구나 할 것 없이 섬유 공장에 취직했다. 서울 시내 골목골목에는 작은 봉제 공장이 즐비했다. 기술을 가르치는 학원도 많이 생겼다. 모두 최고의 직업이라고, 희망 있는 직업이라고 여겼다. 나도 기술자 되었다고 큰돈 벌어 고향에 갈 수 있다고 믿었다. 하지만 봉제 공장의 인기가 오래가지 않았다. 60년대 후반부터 중국에 밀려, 우리의 섬유 산업은 이내 사양 산업이 되기 시작했다.

한 치 앞을 내다보지 못하는 것이 인생길인 것 같았다. 그래도 나에겐 늘 내일이 있었다.

2
삶은 치열했다

감쪽같이 사라진 돈

친구가 찾아왔다. 친구의 지인이 돈이 급해서 집을 싸게 팔려고 한다면서 집 구경 가자고 왔다. 그곳은 저지대 침수 지역 철거민들을 위해 지은 10평짜리 주택이었다. 이 집을 13만 원에 판다고 하였다. 지금 살고 있는 집의 전세금과 조금씩 모아놓은 돈을 합치면 살 수 있을 것 같았다.

어머니와 동생에게 그 이야기를 하였더니 함께 가서 다시 보잔다. 조그만 방 두 칸에 손바닥만 한 마루가 있고 부엌은 처마를 막아서 만들어져 있었다. 모두가 한마음으로 매입하자기에 처음으로 주택 구매 계약을 했다. 어머니와 우리 4남매가 살 집이었다. 화장실은 동네 뒤쪽에 있는 공동 화장실이었고 수도 역시 공동 수도에서 물지게로 물을 길어와 생활해야 하는 집이었다. 이주민촌이라 대문도 없고 담장도 없었다.

처음으로 계약한 집을 멋있게 수리하기 위하여 밤마다 대문과 담장, 그리고 화장실 만들기 등, 수없이 만들고 고치는 상상을 하는 사이에 잔금 지불 날이 다가왔다. 잔금을 지불하고 가족과 친구들이 모여 이삿짐을 날랐다. 온가족이 콧노래를 불렀다. 가재도구를 정돈하고 저녁 식사를 마치고 친구들은 가고 처음으로 내 집이라고 온 가족이 두 다리 쭉 뻗고 잠을 청해 보았다. 내 집이라는 생각 때문에 마음이 편안했다.

버스에서 내려 20분을 걸어야 집에 도착할 수 있었다. 퇴근 후에는 물을 지게로 날랐다. 교통이 불편하고 화장실을 오가는 것이나 수돗물 길어오는 것도 힘들었지만, 남의 집에 살던 때를 생각하면 그저 감개무량하기만 했다. 휴일이면 배달료를 아끼려고 연탄을 지게로 날랐지만 힘든 줄을 몰랐다.

집수리할 요량으로 건축 자재를 3, 4개월 동안 모았다. 가장 시급한 것이 화장실이었다. 비가 오거나 캄캄한 밤에 공동화장실까지 가야 하는 게 여간 고역이 아니었다. 휴일마다 마당에 구덩이를 파고 분뇨 통을 묻어 화장실을 만들고 벽돌로 기둥을 쌓아 대문도 만들었다. 불럭으로 담장도 쌓았다. 벽에 페인트를 칠하고 마당도 깨끗이 치웠다. 시름시름 공사하다 보니 7, 8개월이나 걸렸지만, 조금 더 편리하게 살아갈 수 있는 집이 되었다.

어느 날 우리 집을 사겠다는 사람이 찾아왔다. 두 배가 넘는 28만 원에 사겠다고 했다. 나는 깜짝 놀랐다. 일 년 만에 집을 팔려니 마음이 썩 내키지 않았다. 더구나 이사 온 후로 일 년 내내 고생하면서 정성껏 고쳐온 집이지 않은가. 집에 대한 애착을 쉽게 버릴 수 없었지만, 결국 두 배나 준다는 유혹에 마음은 흔들리고 말았다. 어머니에게 집을 팔자고 하였다. 형제들도 버스에서 내리면 20분을 걸어 집에 도착하기 때문에 출퇴근하기도 힘들다는 핑계를 내세웠다. 우리 가족은 의논 끝에 집을 팔고 시내 중심으로 가서 전세를 얻어 살기로 했다. 남는 돈으로는 직장을 그만두고 사업을 하기로 마음먹었다.

평소 너무 어렵게 살아온 나는 돈을 많이 벌어 온 가족이 행복하게 사는 것이 큰 꿈이었다. 이렇게 생각하고 있던 차에 지난번에 집을 사려고 하던 사람이 또 왔다. 어머니가 계시지 않았지만, 집을 28만 원에 팔기로 하고 우선 계약금으로 일부를 받았다. 의논 끝에 시내로 가서 전셋집을 구하기로 하였다. 어머니와 나는 이곳저곳 다니면서 살 집을 찾아보았다. 마음에 꼭 드는 집은 없었지만, 하나를 골라 전세 15만 원에 계약하였다. 잔금은 집 매매 대금을 받는 대로 치르고 이사하기로 하였다. 이사할 날짜가 되어 일찍 일어나 이삿짐을 꺼내어 차에 싣고 출발 준비를 하였다. 그런데 아무리 기다려도 잔금을 지불할 사람이 오지 않았다. 어머니와 동생에게 이삿짐 차에 타고 먼저 가서 청소하라고 하고는 혼자 남아서 이들이 오기를 기다렸다.

한참 뒤에야 이들이 왔다. 돈이 10만 원 부족하여 늦었다고 한다. 조금만 있으면 친구가 10만 원을 가지고 오니 기다려 달라고 하면서 우선 가지고 온 돈을 먼저 받으라고 건넨다. 돈을 받아 확인하여 신문에 돌돌 말아서 쥐고 있었다. 잠시 후에 친구라는 사람이 왔다. 돈을 주면서 헤아려 보라고 하기에, 손에 있던 돈을 옆에 놓고 가지고 온 돈을 헤아려 확인하였다.

그런데 이게 웬일인가. 집에 와서 전세금을 먼저 드리고 남은 돈을 계산하니 십만 원이 없어진 것이다. 분명히 식당에서 집을 산 사람과 그 친구와 같이 두 번씩이나 헤아려 확인하고 신문에 싸서 손에 들고 왔는데 십만 원이 사라질 리가 없었다. 정신이 멍했다. 곰곰이 생각하니, 처음에 받아 옆에 놓아둔 돈을 그 사람들이 다시 확인한다며 헤아리는 척하면서 십만 원을 슬쩍 한 것 같았다. 의심이 들었지만 어쩔 수 없었다. 일 년 동안 열심히 일한 수고비와 재료비가 모두 날아간 셈이다. 어머니는 방바닥을 치면서 통곡하였다. 이삿짐 정리는커녕 온 가족이 슬픔에 잠기었고 나는 죄인이 되어 고개만 숙이고 있었다. 늦었지만 동생이 국수를 끓여서 점심을 해결하였다. 화는 났지만 어떻게 하겠는가. 새로운 삶을 위하여 모든 것은 잊어버리고 새로 시작하자고 다짐하였지만, 가족들은 슬픔에 잠겼고 나도 너무나 억울한 마음에 한숨의 잠도 잘 수 없었다. 누군들 가슴 아픈 상처가 없겠는가마는, 너무나 힘들고 어렵게 살던 시절에 닥쳤던 엄청난 손실이었기에 그 상처가 쉬 지워지지 않는다.

전기장판 발명가

대한민국 최초의 전기장판 공장. 친구와 함께 전기장판 공장을 만들 계획을 세웠다. 전기장판 공장을 만들기 위하여, 이곳저곳 창고를 물색하고 다녔다. 그때 눈에 띈 곳이 중앙시장 2층의 허름한 목조건물이었다. 열 평 남짓한 규모의 창고를 보증금 일만 원에, 월세 삼천 원을 주기로 하고 빌렸다. 허물어져 가는 일본식 목조건물이었다. 천장이 낮아서 허리를 약간 굽혀야 들어갈 수 있었다.

바람이 들어오지 못하도록 막아주고, 비가 새지 않게 천장을 수리하고, 벽지를 바르고 장판지를 깔았다. 작업할 수 있도록 수리를 했지만 공장이라고 하기에는 너무나 초라했다. 하지만 친구와 나는 즐거웠다. 우리는 제품 생산에 필요한 재료인 베니어판을 사다 나르고 석유난로를 사고 전기코일, 두꺼운 장판종이,

신문지, 밀가루와 붓, 각종 공구와 납, 인두, 전기 콘센트를 준비하여 공장으로서의 시설을 두루 갖추었다. 초라하지만, 이곳이 대한민국 최초의 전기장판 공장이라는 자부심으로 기분은 하늘을 날아갈 것 같았다.

우리는 세 종류의 샘플을 만들기 위하여 우선 베니어판을 가로 세로 각 50㎝, 가로 50㎝ 세로 1m, 잠자리용 가로 1m 세로 1.5m 등 3종류로 잘랐다. 밀가루로 풀을 쑤어 합판의 후면은 깨끗한 장판지로 바르고, 앞면에는 신문지로 바른 다음 난로 불에 풀을 바른 합판을 말렸다. 마른 후에는 앞면에 전기 코일을 5㎝ 간격으로 가지런히 깔고, 코일이 움직이지 못하게 중앙과 양쪽 끝에 테이프를 붙여 고정했다. 그 위에 얇은 초벌지를 발라 말린 후 다시 그 위에 두꺼운 장판 종이를 바르고 또 말렸다. 그리고 코일 양쪽 끝을 모아 단단하게 납으로 땜질하여 접촉시킨 다음에 전기 콘센트를 연결하여 꽂으면 전류가 흘러 합판이 뜨거워지도록 만들었다.

한국 최초의 전기장판이 완성된 것이었다. 장판 위에 앉아보니 엉덩이가 따뜻해졌다. 처음 만든 신제품을 검정하기 위하여 시장 곳곳에 다니면서 상인들이 직접 사용하여 체험하게 하였다. 상인들은 겨울에 손님을 기다리며 온종일 앉아 있으려면 얼마나 추운가. 석유난로를 피우면 냄새가 나고 머리도 아프고 비용이 많이 든다. 전기장판은 냄새도 없고 머리도 아프지 않다.

전기가 있는 곳이면 어디서든 편리하게 사용할 수 있다. 일어날 때와 외출할 때는 스위치만 뽑으면 된다. 얼마나 편리하고 좋은 제품인지 모두 만들어 달라고 아우성이다. 즉석에서 여러 장을 주문받기도 하였다. 이렇게 반응이 좋을지는 미처 생각지도 못했다. 친구는 물건을 만들고 나는 만들어 놓은 물건을 시장 상가에 직접 팔기도 하고, 장판 집과 이불 집에 납품하여 점포 앞에 세워 진열하게 하였다.

그 당시 겨울철에는 보통 영하 10도에서 20도를 오르내리는 강추위가 기승을 부려서 지금보다 무척이나 추웠다. 하지만 아무리 추운 겨울이라도 이 전기장판 하나와 얇은 요와 이불만 있으면 아주 따끈따끈하게 지낼 수가 있다. 상가에서는 작은 제품을 구입하여 전기 스위치를 꽂고 그 위에 얇은 담요를 깔고 앉아 있으면 따뜻해지면서 살짝 졸음까지 온다고 하면서 좋아하였다. 가정에서는 큰 장판을 깔아 놓고 이불을 덮어 놓으면 2~3분이면 따뜻해진다.

당시에는 강약 조절기가 없었다. 그래서 1시간이 지나면 너무 뜨거워 전기를 껐다가 다시 1시간 후에 켜야 하는 불편함이 있었으나 제품은 만들기 무섭게 팔려나갔다. 허가도 없는 공장이고 제품의 모양도 어설프고 품질과 안전성도 보장되지 않은 불량 전기장판이지만 시중에서 인기가 너무나 좋았다. 왜냐하면 일본에서 수입하여 판매하는 전기장판은 가격이 우리 제품의

30배가 넘어 일반인들이 구매하기에는 비용 부담이 컸기 때문이다.

사업이 한창 잘되던 어느 날 아침이었다. 콧노래를 흥얼거리면서 출근하는데 멀리 소방차가 보이고, 사람들이 삼삼오오 모여 웅성거렸다. 불안한 예감에 허겁지겁 달려갔다. 공장 건물은 사라지고 주위는 아수라장이었다. 마치 전쟁터 같았다. 이른 새벽에 불이 나서 공장은 물론이고 이웃집까지 모두 타버렸다. 늦게까지 일하고 퇴근하면서 깜빡 잊고 전기 콘센트를 뽑지 않고 퇴근한 것이었다. 소방차가 와서 불을 끄고 경찰관들은 조사하기 위하여 주인을 기다리고 있었다. 전기 코드를 뽑지 않아서 전기장판이 가열되면서 불이 났음에 틀림없었다.

그동안 애써 모은 재산이 다 날아가 버렸다. 남은 물건과 쌓아 놓은 재료들은 모두 타버려 더 이상 사용하지 못하게 되었다. 엎친 데 덮친 격으로 벌금도 내야 했다. 잔뜩 부풀었던 꿈이 하루아침에 절망과 좌절로 바뀌었다. 희망과 미래가 보이지 않았다.

노력도 중요하지만 운이 따르지 않으면 뒤로 넘어져도 코가 깨진다고 했던가. 쉬면서 상처받은 마음을 추스렸다. 친구와 나는 모든 것을 정리하고 다시 다른 사업을 구상할 수밖에 없었다. 모든 가능성을 열어두고 철저히 대비하지 않으면 실패할 수밖에 없다는 값진 교훈을 얻었다고 서로를 위로하면서 ……

유령은 있다

경험도 없는 사업을 한다고 새로 지어진 동대문종합시장의 점포를 임대하였다. 극동상사라는 상호로 새마을 소비조합을 차렸다. 동쪽에는 전국을 연결하는 고속버스 터미널이 있어 지방 소매상들을 연결하기 쉬웠고, 서쪽은 동대문시장이고 남쪽 길 건너편에는 평화시장과 신평화시장이 있었다. 그야말로 500만 서울 시민이 이용하는 상업과 교통의 중심지역으로 사업하기에는 너무도 좋은 장소라고 생각하였다

전국 각지에서 고속버스를 이용하여 서울로 올라오는 상인들이 그 유명한 남대문시장과 평화시장까지 갈 필요가 없었다. 남대문 시장은 택시를 타고 다녀야 했고 평화시장은 길을 건너야 하는 불편함이 따랐다. 또한 그곳에 있는 모든 물건이 이곳에도 다 있고 값도 싸기 때문에 굳이 남대문시장까지 가는 수고를 덜

수 있었다.

모을 수 있는 돈을 다 투자하여 점포를 임대하였고 조금 부족한 금액은 대출까지 받았다. 상품은 가정에 꼭 필요한 생활용품으로 종류별로 두 가지씩 준비하여 총 100여 가지 제품을 견본으로 진열하였다. 고객들에게 주문받은 상품은 공장에 연락하여 즉시 배달하여 운송에 차질이 없도록 결연도 해 놓았다.

처음 하는 사업이라 어려움이 많았지만 주문한 물건이 도착하면 고속버스에 바로 탁송하여 물건과 고객이 함께 내려갈 수 있게 하였다. 공장의 물건 값을 현금으로 결제하여 우리 물건이 저렴하면서도 제일 먼저 배달되게 하였다. 처음에는 손님들이 직접 와서 견본을 보고 주문하였고 몇 번의 거래가 이루어진 후에는 이곳까지 오지 않고 전화로 주문하면 고속버스로 보내고 대금은 우체국으로 송금 받기도 했다.

불량품은 고쳐 주는 것이 아니라 새것으로 바꾸어 주었다. 이렇게 하니 고객들이 너무나 좋아했다. 거래처가 하나둘 늘어나고 매출이 많이 올라 장사하는 재미가 있었다. 그런데 일 년 동안 열심히 벌었지만 그 돈이 모두 미수금으로 남았다.

거래처가 많아져서 판매량이 늘어난 것은 좋은데, 현금이 모이지 않고 미수금만 눈덩이처럼 불어나 물건 준비할 자본금은 오히려 부족했다. 어떻게 하나 고민을 하던 차에 회계업무를 도와주던 외 6촌 누나마저 감기로 병원에 입원을 하였다가 시름시름 앓더니 20대 중반의 나이에 세상을 떠나버렸다.

서로 믿고 의지하면서 같이 일하다가 이렇게 되니 하늘이 무너지는 듯 앞이 캄캄하였다. 하지만 그도 잠시 다시 힘을 내어 사업에 전념하였다. 추가 대출을 받아 자본금을 늘렸고 그 돈은 물건 구입하는 데 사용하였다. 주문받은 물건을 현금으로 구매하여 보냈지만 수금이 잘 되지 않았고 또한 반환되는 물품은 더 많아졌다. 업자들은 내가 초보 사업자라는 것을 알고 몇 번의 현금거래를 하고 다음부터는 물건만 받고 결제는 하지 않고 나를 이용하는 것이었다.

사건이 터졌다. 주문을 많이 하는 거래처로 강원도 묵호에 있는 점포에서 결제를 하지 않고 불량품이라며 많은 물건을 반환해 왔다. 새 제품으로 교환하기 위하여 불량품을 공장으로 보냈다. 그런데 이게 무슨 말인가. 자기들이 만든 제품이 아니라는 것이다. 나는 분명 다른 공장에서 물건을 구매한 사실이 없었다. 이상한 느낌이 들어 직접 그 소매점에 내려가 보았다. 점포는 매매되어 주인이 바뀌었고 새로운 주인은 점포를 인수한 지가 3개월이나 지났다고 하였다. 일주일 전에도 물건을 보냈기에 깜짝 놀랐다. 한참을 멍하니 서 있다가 전화 받은 곳을 확인하니 다른 곳에서 전화를 받아 장사를 계속하는 것처럼 속였던 것이다. 우리 물건은 판매하여 현금으로 챙기고 짝퉁 물건을 싸게 구입하여 불량품인 양 우리에게 반품했던 셈이었다. 묵호까지 와서 돈은 한 푼도 받지 못하고 사람도 찾을 수가 없어 씁쓸한 기분으로 힘없이 서울로 돌아왔다.

사기를 당하고 보니, 매출이 문제가 아니라 수금이 문제라는 생각이 들었다. 각 거래처를 방문하여 밀린 외상값을 받은 다음에 물건을 보내기로 결심했다. 거래처 곳곳을 방문하였다. 그런데 이럴 수가. 묵호뿐이 아니었다. 강원도의 고한·속초, 충청도의 서산·증평·해미, 경상도의 선산·왜관·안동, 전라도의 이리·군산·남원 등의 거래처도 사기꾼들이 만들어 놓은 유령 거래처였다.

첫 거래를 할 때에는 명함을 교환하고 현금으로 거래하였기에 의심할 필요가 전혀 없었다. 몇 차례 거래 후 친해지면서 전화로 주문받아 물건을 보내고 송금을 받고 하였기에 전혀 눈치채지 못하였다. 사기꾼들이 여러 곳에서 우리 상품을 주문하였는데도, 나는 새로운 거래처가 늘어나는 것으로만 착각한 것이다.

사기꾼들은 내 물건을 외상으로 받아서 현금으로 처분하여 전문적인 사기행각을 벌였던 것이다. 내 나이가 어리고 초보 장사꾼이라는 것을 알고, 계획적으로 접근하였는데, 그것도 모르고 그들에게 놀아난 것이다. 공장에서 상품을 구입할 때는 현금으로 결제하고 판매는 외상으로 하였기에, 반품된 물건과 빚만 남게 되었다.

세상은 초보 장사꾼인 나에게 맵고 쓴 맛을 톡톡히 보여주었다.

간첩이 아니었다

 마당에는 붉은 고추가 널려있다. 담장 위 돌감나무에 주저리 주저리 열린 감이 제때에 따지를 못해 피투성이처럼 마당 여기 저기 떨어져 나뒹군다. 우물가 석류나무에는 떡 벌어진 붉은 열매가 주렁주렁 매달려 있다.

 낯선 여인이 어린 아이를 데리고 삽짝 앞에서 서성인다. 허리가 꼬부라진 할머니가 내다본다.

 "누구요?"

 "……"

 여인은 물끄러미 쳐다보기만 할 뿐, 선뜻 말을 꺼내지 못하고 머뭇거리며 옷매무시를 가다듬는다.

 "저, 김현종 씨 댁이 여긴가요?"

 "세상 버린 지가 수십 년이나 지났는데 죽은 영감을 찾는 댁은 대체 누군데요?"

"……"

여인은 대답이 없다. 한참을 겸연쩍어 하면서 어찌할 바를 모른다. 한참을 망설인 끝에 간신히 입을 뗀다.

"강원도 양구라는 곳에서 온 넷째 며느리입니다."

"……?"

할머니는 막내아들과 함께 살고 있었다. 아들 다섯에 딸 하나를 두었다. 첫째는 12년 전에 간암으로 죽고, 둘째는 만주로 돈 벌러 갔다가 휴전선이 생기는 바람에 나오지 못해 생사도 모른다. 셋째도 간암으로 죽었으며, 넷째는 6·25 전쟁 때 강제 징집되어 소식 끊어진 지 24년째다. 그 넷째 아들이 고향에 가서 부모형제들을 찾아보라고 해서 며느리가 온 것이라고 하니, 도무지 어찌된 영문인지 알 수 없었다. 영감 죽고 아들 넷을 가슴에 묻은 채, 한이 맺힌 할머니는 넷째 아들이 살아있다는 말에 가슴이 덜컥 내려앉았다. 이게 무슨 일인가. 꿈인가 생시인가.

"뭐라? 우리 한배가 살아있다고?"

여섯 남매를 두었지만 수를 다하지 못하고 간 아들 생각과 생사를 모르는 아들을 기다리며 밤낮 눈물로 보낸 할머니였다. 넷째아들이 살아있다는 말을 듣는 순간, 지난 삶이 낡은 영화 필름처럼 스쳐 지나갔다. 서러움이 복받쳐 빗줄기 같은 눈물이 펑펑 쏟아졌다.

들에 나갔던 아들과 며느리가 왔다. 할머니는 여인과 소곤소곤 이야기하고 있었다.

"아범아, 빨리 들어와 봐라. 너 형수가 왔다."

"어디 형수요? 넷째형수가 왔다. 죽은 줄만 알았던 형이 살아 있다고요?"

"그래, 그 처가 왔다."

북한도 아니고 외국도 아닌 남한 땅에 살고 있다고 하니, 막내 아들은 믿기지 않았다. 반신반의하면서 의심의 눈초리로 여인을 바라본다. 밖에서 물끄러미 이런 광경을 바라보던 막내며느리가 손짓으로 남편을 불러낸다. 지서에 신고해야 하지 않느냐고 한다. 남한 땅에 버젓이 살아있었다면, 부모가 살고 있는 고향에 한 번도 오지 않았을까? 그뿐 아니라 아주버님이 오지 않고 형님을 보내다니 의심하지 않을 수 없었다.

여인의 고향은 강원도 양구의 깊은 산골이라고 한다. 그곳에서 지금의 남편을 만났다. 20년 전, 전쟁 중에 주린 배를 채우기 위하여 외딴집에 들른 남편과 인연을 맺었다. 휴전이 되어 제대하자마자 그곳에 정착했다. 돈을 벌어 고향을 가려고 하다가 차일피일 24년이란 세월이 흘렀단다. 이제는 자식들도 장성하고 본인도 나이 들어 고향이 그리웠지만 부모형제 볼 낯이 없어 오지 못한다고 했다.

하룻밤이 지났다. 할머니의 손자들이 모두 모였다. 부산으로 이사 간 딸도 동생의 가족을 보려고 급히 달려왔다. 할머니와 그 딸을 제외한 나머지 식구들은 계속 의심의 눈초리를 거두지 않았다. 그때만 해도 학교에서 반공방첩 교육을 철저히 받던 때였다. 빨리 신고하지 않으면 가족이 모두 잡혀갈지도 모른다며 불안해 했다.

24년의 세월을 하룻밤에 쏟아 놓고 다음에 남편과 함께 오겠다며 여인은 떠났다. 모인 가족 모두가 간첩 신고를 하니 마느니 하며 설왕설래하는 차에 경찰관이 찾아왔다. 낯선 사람이 있다는데 어디 있냐고 물었다. 이미 떠났다는 말에 조사할 것이 있다며 막내아들을 임의 동행해 갔다. 할머니는 하나 남은 아들마저 잡혀가는 줄 알고 통곡을 하고 가족들은 불안에 떨고 있었다. 다행히 몇 시간 뒤 막내아들이 소명하고 돌아왔다.

넷째아들이 오기를 손꼽아 기다리던 설날, 아들과 며느리가 장성한 사 남매를 앞세우고 들어왔다. 진짜 내 아들인가, 아니면 빨갱이들이 보낸 간첩인가. 할머니는 아들을 끌어안고 한없이 울었다.

부모를 찾아보지 못할 만큼 어렵게 살아온 가난이 죄였다. 할머니는 고향 땅 양지바른 곳, 할아버지 옆에 두 아들과 함께 나란히 묻혔다.

과일 장사

새로운 일에 도전하기로 작심했다. 열흘 동안 새벽마다 천호시장과 중앙시장, 용산시장을 돌면서 어떤 물건이 잘 팔리며 어떤 물건의 이문이 많은지 조사해 보았다. 또한 어느 시장의 물건이 싸고 그 품질이 좋은가도 조사하면서 내가 할 수 있는 일을 찾아보았다. 그 중에서 팔기만 한다면 야채와 과일이 제일 많은 이문을 남긴다는 것을 알았다. 하지만, 당일에 다 팔지 못하면 맛과 신선도가 떨어져 결국 버려야 하기 때문에 손실도 크다.

나는 야채와 과일 행상을 하기로 마음먹었다. 리어카를 사고 모자와 장화, 그릇 등을 준비하여 새벽 4시에 천호시장에 갔다. 며칠 동안 준비하였기에 망설임 없이 첫 작품으로 딸기를 받았다. 리어카를 끌고 광진교 건너 광장동, 구의동 주택가 골목길을 다니면서 팔았다. 첫날이라 본전만 건져도 성공이라고 생각했는데 받아온 물건을 다 팔았다.

이튿날 새벽에 이슬비가 오는데 시장에 갔다. 비가 오면 과일은 맛도 덜할 뿐더러 상품 가치가 떨어져 재미가 없다. 대신 양파와 마늘을 받아서 어제와 같은 코스로 다니면서 다 팔았다. 일주일간 이것저것 물건을 싣고 다녀보니 수입이 괜찮아 리어카 장사도 할 만하다는 생각도 들었다. 새벽 4시에 일어나 물건을 받아야 하는 번거로움과 종일 많은 물건을 싣고 다니면서 소리를 외쳐야 하는 일이 조금 힘들긴 했다.

어느 날 참외가 많이 출하되었다. 나는 곱고 예쁜 개구리참외를 받아 리어카에 가득히 싣고 갔다. 옛날 임금님이 먹던 개구리참외 왔다고 외쳤다. 귀한 참외 왔다고 한 말이 먹혀들었는지 잘 팔렸다. 한참 팔고 있는데 저쪽 골목에서 아주머니가 손짓을 하면서 헐레벌떡 뛰어왔다. 참외가 쓴맛이 나서 먹을 수가 없다면서 교환해 달라고 한다. 얼른 빛깔도 좋고 맛있게 보이는 참외를 골라서 교환해 주고는 반품된 참외를 뚝 잘라 맛을 보았다. 웬걸, 참외가 달지 않았다. 익지 않은 참외를 따왔기에 쓴맛이 강했다. 나도 먹지 못할 것 같은데 누가 이걸 돈 주고 사 먹겠는가.

하룻밤을 재워 익혀야 하는데, 그걸 모르고 그냥 팔러 나왔다. 큰일 났다. 버릴 수는 없어서 나는 잠시 꾀를 냈다. 참외가 팔리면 얼른 그곳을 벗어나 다른 장소로 이동하는 방법으로 팔았다. 왜냐하면, 참외를 사면 아이들이 오거나 가장이 퇴근해야 먹기 때문에 맛이 없다는 것을 금세 알 수 없다. 조금 비굴하긴 했지만 원금이라도 건질 수 있으면 하는 마음이 앞섰다. 조금 남은 물건은 모두 집으로 가져 왔다. 판매하는 요령을 몰랐기 때문에 그냥 싣고 나가 팔다보니 단맛보다는 쓴맛이 더 강했던 것이다. 이튿날이 되어 참외의 쓴맛은 달아났지만, 신선함이 떨어져서 남은 참외를 몽땅 버렸다.

어느 날엔 열무와 배추를 파는데 좀처럼 팔리지 않았다. 아무리 소리 질러도 사러 나오는 사람이 없었다. 어제의 후유증인지 다니는 것조차 피곤하고 힘들었다. 저녁시간은 다 되었는데 마음이 급하여 식당을 돌면서 물건을 떠맡기다시피 하여 본전도 건지지 못하였다.

또 어느 날은 싱싱한 수박을 리어카에 가득 싣고 힘들게 끌고 다니면서 팔고 있는데 수박이 덜 익어 맛이 없다면서 바꾸어달라는 것이다. 좋은 것으로 바꾸어 주다보니 익지 않은 것만 남았다. 남은 물건을 팔지 않고 그냥 집으로 왔다. 물건을 내려서 거적으로 덮어 하룻밤을 재웠다. 속이 빨갛게 잘 익었다. 고객들의 입맛에 맞추어 물건을 팔려고 하다 보니 덜 익은 과일은 이렇게도 한다. 매일 고객들 입에 맞는 물건을 가져오는 일이 참으로 힘들었다.

그날도 수박이 너무너무 싱싱하고 좋았다. 당장 팔지 않고 집으로 와 하룻밤을 재워 속이 빨갛게 좋은 색깔로 익으면 팔기로 하였다. 과일은 조금 덜 익어도 하룻밤 재워두면 뒷날 보기 좋게 익는다. 공기가 통하지 않게 포장을 씌우고 꽁꽁 묶어 놓았다. 어제 남겨온 수박 한 통을 잘라 보았다. 맛이 없다고 돌아오던 수박이 예쁘고 빨갛게 잘도 익었고 어제보다 맛도 좋았다. 기분 좋게 싣고 갔다. 잘생긴 수박의 반을 툭 잘라서 리어카에 올려놓고 다녔다. 맛있게 보이는 빨간 수박이 날씨까지 좋아 잘 팔렸다. 이익도 많이 남아 콧노래가 저절로 나왔다.

어느덧 야채나 과일 장사에 이력이 생겼다. 품목별 품질 좋은 것을 고를 줄도 알게 되었다. 이득도 많이 생겨 갈수록 재미가 있었고, 장사도 더 잘 되었다. 또한 물건이 잘 팔리는 길목을 알기 때문에 종일 무거운 짐을 끌고 다니지 않아도 되었다. 팔다가 남는 물건이 있을 때는 저녁 시간에 조금 싸게 팔면 식당에 가서 손해 보고 넘기는 것보다는 나았다.

수개월 동안 매일 다른 종류의 과일과 야채를 취급했다. 이제는 만져만 보아도 단맛, 신맛, 쓴맛을 구별할 줄 알게 되었고 더불어 장사의 쓸쓸한 맛까지 알 수 있었다. 야채와 과일들을 팔고 다닌 경험으로 서민들의 희로애락까지 읽어 낼 줄 아는 안목도 생겼다. 더군다나 무엇이든 할 수 있다는 자신감과 용기가 생긴 것은 큰 수확이었다. 그러나 과일이나 야채 소매로 먹고살 수는 있지만 큰돈은 벌 수 없다는 생각을 하게 되었다.

아내의 입원비

　골목길 구석진 단칸방, 허리를 구부려야 겨우 드나들 수 있는 집이었다. 그렇지만 특급호텔이 부럽지 않았다. 신혼의 달콤함을 어디에 비교하랴. 무한한 꿈과 희망으로 가득 찬 시작이었다. 별 소득도 없는 생활이지만 세상 모든 것이 다 내 것이었다. 새로운 인생의 목표를 멋지게 세웠다. 아이도 딸 하나만 낳아 잘 키우기로 했다. '잘 키운 딸 하나 열 아들 안 부럽다'는 표어가 곳곳에 붙어 있던 시절, 국가시책에 적극 동참하는 뜻으로. 젊음과 패기가 전 재산이었다. 신랑을 믿고 내일을 기다리는 아내가 늘 고마웠다.

　신혼의 즐거움도 잠시, 끼니를 해결하는 것도 힘들었다. 하루하루가 고통이었다. 그런 와중에도 아내가 아이를 가졌다. 첫아이가 반가웠다. 태아를 위하여 언행도 조심했다. 건강하고 명석

한 아이가 태어나기를 기도했다. 만삭의 아내는 몸이 불어나 모든 것이 힘들었다. 대한민국, 아니 세계를 짊어질 우리 아이라고 손꼽아 기다렸다. 아들인지 딸이지도 모르면서 이름도 몇 개나 지어놓았다. 장난감도 가지가지 샀다. 당시에 삼만 원 정도 드는 출산 비용도 준비해 두었다.

어느 날 진통이 왔다. 반가우면서도 한편 불안했다. 아내를 급히 택시에 태웠다. 운전사에게 가까운 조산원으로 가자고 했다. 조산원에 도착하여 침대에 누운 아내를 보던 간호사가 깜짝 놀란다. 임신중독이라 여기서는 어떻게 할 수가 없으니 빨리 병원으로 가라고 했다. 아내의 진통은 점점 더 심해졌다. 다시 택시를 불러 아내를 태우고 산부인과로 갔다. 아내를 만져본 의사가 여기서는 아이를 낳을 수 없다고 종합병원으로 가라고 했다. 순간 가슴이 덜컹 내려앉았다. 겁이 났다. 아내나 아기에게 좋지 않은 일이 일어날 것 같은 불안감으로 눈앞이 캄캄했다.

급히 또 택시를 불렀다. 아내는 차안에서도 안절부절못했다. 대학병원 응급실로 갔다. 떨리는 마음으로 아내를 침대에 올려놓았다. 큰 병원이라 조금은 안심이 되었다. 어머니에게 연락을 했다. 긴장을 풀고 의자에 기대어 잠시 쉬고 있었다. 나도 모르게 잠시 잠이 들었다. 눈을 뜨니 어머니가 옆에 와 계셨다. 이런저런 이야기를 나누는 사이 간호사가 나왔다. 건강한 옥동자라며 축하한다고 했다. 그러나 산모가 임신중독인지라 2-3일 입원을 해야 한단다. 산모도 아기도 무사하니 다행이었다.

산모가 며칠 입원을 해야 한다고 하니, 어머니는 어려운 형편에 돈 걱정부터 앞서나 보았다. 입원 수속을 끝내고 어머니와 함께 입원실로 올라갔다. 따뜻한 온돌방에 누워있는 아내를 보는 순간 눈물이 핑 돌았다. 고생했지만 다행이라는 생각에 안도의 한숨이 절로 나왔다. 어머니도 "애야, 고생했다, 아들이란다."라고 하면서 아내의 수고를 치하한다. 어머니는 아들이라고 좋아하셨지만 아내와 나는 딸 하나만 낳기로 했던 터라 크게 기쁘지는 않았다. 딸을 낳기 위해 하나 더 낳아야 하는가라는 생각도 들었다. 간호사가 잠시 아기를 안고 왔다. 아기에게 손대지 말고 보기만 하라고 했다.

입원비가 걱정이었다. 아내와 상의한 끝에 결혼 목걸이와 반지를 팔기로 했다. 그런데 막상 팔아 없앤다고 생각하니 너무나 서운한 마음이 들었다. 그렇지만 하는 수 없었다. 반지와 목걸이가 아니고서는 돈을 마련할 다른 방책이 없었기 때문이었다. 결국, 전당포에 잡히기로 했다. 아내도 그게 낫겠다고 하였다. 미리 그 어떤 말도 하지 않았지만, 아내와 내 마음이 다르지 않았다. 반지와 목걸이를 다시 찾을 수 있는 희망을 가슴속에 넣어두고, 그날이 언제일는지 모르지만 그런 날을 기다리기로 했다.

깊숙이 숨겨놓은 목걸이와 반지를 꺼내어 전당포로 갔다. 그것을 담보로 3만 원을 빌렸다. 병원비만 계산하면 퇴원할 수 있다는 생각에 마냥 즐거웠다. 돈을 받아 바지 주머니 깊숙이에 넣었다. 기쁜 마음으로 복잡한 버스에 올랐다. 병원 앞에서 내렸다. 한참을 걸어 입원실에 도착했다. 병원비를 지불하기 전에 아내에게 들렀다. 주머니에 손을 넣었다. 그런데 꺼내려고 하는 돈이 없었다. 이쪽저쪽 주머니를 다 뒤졌다. 그 어디에도 돈은 만져지지 않았다. 머릿속이 하얘져서 한참을 멍하니 서 있었다. 아내가 다시 찾아보라고 동동거렸다. 다시 모든 주머니를 다 뒤졌다. 그래도 없었다. 버스에서 소매치기를 당한 것 같았다.

망연자실한 두 사람을 본 어머니가 당신이 해결해 준다며 가셨다. 아내는 실망감에, 나는 죄책감에 아무 말도 하지 못했다. 간호사가 다시 아기를 안고 왔다. 어제는 입원비 걱정 때문에 아기를 보는 둥 마는 둥 했었다. 아내가 아기를 받아 안고 젖을 먹이기 시작했다. 아기를 자세히 보니, 얼굴이 길쭉한 게 무척 못생겨 보였다.

다음날 아침에 어머니가 오셨다. 어디에 꼭꼭 숨겨놓았던 돈인지 꼬깃꼬깃한 만 원짜리 석 장을 내놓으셨다. 반갑게 받아든 나는 2박 3일 입원비를 지불하고 아기와 산모를 데리고 집으로 왔다. 어머니가 먼저 와서 미역국과 밥도 한 솥 해놓았다. 아기에게 필요한 기저귀도 빨아서 빨랫줄과 방바닥 여기저기 널어놓았다.

퇴원한 지 하룻밤을 지나자 어머니는 당신 집으로 떠나셨다.

산모의 뒷바라지는 내 몫이었다. 밥하고 국 끓이는 부엌일은 아내가 하고 똥 묻고 피 묻은 빨래는 내가 했다. 아내를 사랑한 죄로, 아니 아들 얻은 기쁨에…. 패물을 전당 잡혀 마련한 아내의 입원비를 소매치기 당하고도 힘겨워 하지 않고 꿋꿋이 견뎌낼 수 있었던 것은, 가족이라는 이름 때문이었다.

분뇨 통에 목욕하고

외갓집으로 휴가를 가기로 했다. 늘 그리던 외갓집을 가족과 함께 간다고 생각하니, 아침부터 가슴이 설레어 마음은 벌써 외 갓집 마당 멍석 위에 앉아 있다. 고속버스를 탔다. 멀미 탓인지 아이들이 칭얼댄다. 하지만 나의 머릿속으로는 고향의 옛 모습 을 그리기에 바쁘다. 앞들 논에서의 쥐불놀이, 뒷산에 진달래꽃 따 먹던 일, 밀사리와 콩서리, 밭에 우뚝 솟아있는 무 뽑아 먹던 일……. 썰매를 타고 팽이를 치다가 얼음 구덩이에 빠져 옷을 적 셨지만 꾸중을 들을까 봐 집에도 가지 못하고 모닥불 피워 말리 던 그 시절들이 영화처럼 지나간다. 터미널에 도착하여 사방을 둘러보아도 한산하기만 하다. 멀미하는 아이들을 달래면서도 내 마음은 바쁘다. 다시 버스로 이십 리를 더 가야 한다. 정들었던 곳이다. 쇠뭉치를 뽑아서 엿으로 바꿔 먹고, 기차가 달려오는 선로 위에 못을 얹어 놓아 칼을 만들었던 철길도 정겹다.

외삼촌은 들에 일하러 가고 외숙모가 반갑게 맞이해 주었다. 열아홉에 시집와서 개구쟁이 내 손을 잡고 다니던 새색시가 어느새 중년이 되어 있었다. 재미있게 책 읽어주던 외숙모가 좋아서 졸졸 따라다니던 소년, 그 아이가 장성하여 자식을 데리고 왔다. 걸어오느라 땀 흘린 아이들을 씻기고 나도 윗옷을 벗어던지고 시원한 우물물로 등목을 했다. 마루에 걸터앉아 외숙모와 옛 얘기를 나누며 외삼촌 오기를 기다렸다.

아이들은 어미닭 옆에서 모이를 찾는 예쁜 병아리를 잡는다고 졸졸 따라다니며 놀고 있다. 우리가 왔다는 소식을 접한 외삼촌이 늦을세라 꼴을 뜯기던 소를 몰고 반갑게 들어왔다. 아이들이 소를 보더니 겁이나 엄마에게 딱 달라붙어 꼼짝을 못 한다. 외양간에 소를 메어놓은 외삼촌은 반가움에 아이들을 덥석 안아보려 하지만, 아이들은 놀란 끝이라 민망하게도 울음을 터트린다. 외숙모는 저녁 준비를 하느라 바쁘고 아내는 낯선 시골 부엌에서 서툰 솜씨로 외숙모를 돕고, 나와 아이들은 소가 여물 먹는 모습을 지켜보고 있었다. 외삼촌은 나를 데리고 소 풀을 먹이러 산에 갔던 일, 육군통신대 근무 시절 휴가 나왔을 때 연결한 스피커 소리를 신기해 하며 따라다니던 동네아이들 이야기로 시간 가는 줄 몰랐다. 그런 사이, 병아리를 따라다니며 놀던 큰아들이 넘어져 뒷마당 아래로 떨어졌다.

아니, 이럴 수가! 떨어진 곳이 분뇨 구덩이가 아닌가. 지체할 시간도 없이 외삼촌이 얼른 뛰어 들어가 허우적거리는 아이를 오물통에서 건져올렸다. 아이는 놀랐는지 처음에는 울지도 않다가 한참 후에야 울음을 터트렸다. 평상시의 울음과는 달리 꿀꺽꿀꺽 하면서 울었다. 엎드리게 하여 등을 두드리면서 먹은 오물을 토하라고 하였지만 계속 울기만 하였다. 천만다행이었다. 오물통에 반신욕 한 외삼촌. 외숙모는 미안하다 하시면서 어쩔 줄 몰랐다. 처음에는 아이가 울지 않으니 크게 놀란 건 사실이다. 하지만 그게 어디 외숙모 잘못이란 말인가. 오랜만의 만남으로 그저 반가워서 이런저런 이야기를 하느라 아이를 챙기지 못한 내 잘못이다. 전혀 생각지도 않게 한바탕 소동을 치르고 나니, 아이들은 피곤한지 일찍 잠자리에 들었다.

옛말에 똥통에 빠지면 재물 복이 있다는데, 나는 그 말을 믿고 싶었다.

포니 자동차

두 달만 기다려 달라고 했다. 어서 빨리 보고 싶은 마음에 하루가 삼추였다. 손꼽아 기다려 두 달이 지났다. 연락이 없었다. 답답한 내가 먼저 전화를 했다. 한 달만 더 기다려 달라고 한다. 하는 수 없지, 보고 싶어도 참아야지. 그런데 석 달이 지나고, 넉달이 되어도 오지 않았다. 전화를 또 했다. 내 목소리가 높아졌다. 조금만 더 기다려 달라고 애원한다. 다섯 달이 되었다. 그래도 오지 않는다. 두 달이면 온다고 했는데 여섯 달이 지나서야, 드디어 연락이 왔다. 얼마나 반가운지, 그 기쁨을 이루 말 할 수없었다. 좋아서 손뼉 치며 펄쩍펄쩍 뛰었다.

포니, 대한민국에서 만든다. 우리나라에서 처음으로 만든 포니 자동차를 산다고 하니 아내는 깜짝 놀란다. 차 한대 값이 집한 채 값이었다. 한 달을 고심 끝에 차를 구입하기로 결정했다.

딜러를 불러 계약금을 지불하고 차를 신청했다. 두 달만 기다리면 받을 수 있다고 했다. 차는 본인이 울산 공장에 가서 받아야 한다는 것이다. 초보운전이라 혼자 가서 차를 받아 끌고 올 자신이 없었다. 울산은 초행길이고 또한 고속도로에서 운전한다는 것이 영 부담스러웠다.

친구를 불렀다. 차를 한 대 샀으니 울산에 같이 다녀오자고 했다. 친구 두 명과 나는 들뜬 기분으로 열차를 타고 부산으로 갔다. 부산에서 다시 울산행 버스를 탔다. 창밖에는 풍년을 준비하는 농부들의 손놀림이 바쁘다. 아지랑이는 반갑다며 온몸을 흔들어 우리의 눈을 즐겁게 했다. 마치 울산의 큰애기를 보는 듯 무척이나 즐거웠다. 울산 시외버스 정류장에서 공장까지는 택시를 이용했다. 정문에 서있던 경비원이 오늘은 마감되었다며 내일 아침 일찍이 접수하라고 했다. 다시 택시를 타고 시내를 한 바퀴 돌아 한적한 여관으로 갔다. 일찍 누웠지만 잠이 오지 않아 비몽사몽 뜬 눈으로 지새웠다.

새 차를 받는다는 기쁨에 일찌감치 공장으로 갔다. 이른 아침인데도 차를 가지러온 사람들이 길게 줄지어 순서를 기다리고 있다. 접수가 끝나자 모두 식당으로 갔다. 초등학교 다닐 때의 학교보다 더 큰 식당이었다. 모두 가족 또는 친구들과 함께 왔다. 혼자 온 사람은 아무도 없었다. 식사가 끝나자 큰 강당으로 옮겨 갔다.

준비된 영상으로 공장 건물의 기초부터 완공까지 차를 만들기 위한 시설을 보면서 와아 하는 함성이 절로 나왔다. 부품을 하나하나 붙여 완성된 차가 나올 때는 모두가 기립 박수를 치기도 했다. 또한 고속도로를 건설하는 과정과, 울산공단에서 생산된 물건을 화물차로 실어 나르고, 포니가 고속도로를 달려가는 모습과, 정부에서 추진하는 경제개발 5개년 계획을 보았다. 영화 감상이 끝나고 나올 때 회사에서 준비한 선물이 한 꾸러미씩 쥐어졌다.

버스를 타고 공장 투어가 시작되었다. 공장이 너무 커서 입이 딱 벌어졌다. 자동차가 생산되는 과정을 볼 때는 여기저기서 와아와아 하고 감탄사가 튀어 나왔다. 또한 차를 만드는 과정이 너무나 신기하여 눈이 뚫어지도록 쳐다보는 사람들도 있었다. 완성차가 만들어져 나올 때는 탄성과 박수가 쏟아졌다.

공장 투어가 모두 끝나고 두 줄로 세웠다. 차를 받을 수 있는 출차증을 나누어 준다. 사람들이 먼저 받으려고 아우성이다, 질서가 다 흐트러지고 아수라장으로 변했다. 출차증을 받아 쥔 사람들이 차가 있는 쪽으로 우르르 몰려갔다. 완성차를 운동장에 펼쳐 놓았는데 그것도 큰 구경거리가 되었다. 차가 너무 많아서 장관이었다. 담당자가 차에 대한 설명을 하면서 시동을 걸라고 했다. 시동을 거는 순간 느낌이 너무 너무 좋았다. 기뻐 어쩔 줄을 몰랐다. 점검을 마치고 운동장을 한 바퀴 돌면서 시승식을 했다. 회사를 배경으로 직원과 함께 기념 촬영이 끝나자 잘 가라는 인사를 받으면서 우리는 공장을 떠났다.

바로 주유소로 가 기름을 가득 넣었다. 울산 시내를 구경하면서 한 바퀴 돌아 온산공단까지 구경하였다. 조심스레 고속도로에 차를 올려 힘껏 달려보기도 했다. 카세트에서는 회사 선전과 자동차 사용 설명이 반복해서 나왔다. 언양휴게소라는 간판이 눈에 들어왔다. 점심도 먹을 겸 휴게소에 들렀다. 식사를 마치고 경주로 갔다. 말로만 듣던 불국사, 그 앞에 차를 세워 멋진 포즈로 사진을 찍었다. 경내를 둘러보면서 우리의 귀중한 문화재에 감탄사를 보냈다. 어릴 때 수없이 다녔던 직지사보다 이름난 사찰이라 더 웅장하고 멋진 예술품이라는 느낌이 들었다. 보문단지를 한 바퀴 휑 돌아 나와 고속도로에 차를 올렸다.

어느덧 추풍령 휴게소에 도착했다. 차를 마시면서도 눈길은 항상 차가 있는 쪽을 떠나지를 않는다. 어찌 이렇게도 기분 좋은지 내 마음 나도 모른다. 다시 한참을 달려서 천안휴게소에 도착했다. 잠시 휴식을 하고 천안 특산물이라고 크게 쓰인 호두빵을 하나씩 사 들고 차에 올랐다. 목적지에 다가오니 괜히 마음이 바빠졌다. 많은 시간이 걸리고 밤에 잠도 못 잤지만 금세 도착한 듯했다. 가족을 불러 저녁식사를 했다. 식사가 끝나자 차를 타보고 싶어 했다. 어둠 속에 시내를 한 바퀴 돌았다. 그래도 모두들 내리지를 않으려고 해서 다시 한 바퀴 더 돌기도 했다. 새것과 좋은 것은 누구나 갖고 싶어 욕심이 생긴다는 것도 깨달았다.

구호품으로 배급되는 밀가루로 수제비 죽 끓여 먹던 시절이 떠오른다. 경제개발계획으로 우리의 기술이 이렇게 발전하였다. 우리나라가 어느덧 이렇게 잘사는 나라로 변했다. 아, 대한민국이여.

벌초

　세 살과 다섯 살배기 아이들까지 데리고 아버지 산소에 가기로 했다. 벌초도 할 겸 오랜만의 귀향이었다. 얼굴도 모르는 며느리와 손자들이 아버지에게 인사를 하러 간다는 생각을 하니 짧은 여름밤이 길게만 느껴졌다.

　늦여름이었지만, 후텁지근한 날씨는 물러나지 않고 계속되었다. 덥기 전에 일찍이 출발하자며 아이들의 손을 잡고 나섰다. 버스를 기다리는데 지루한지 눈에 보이는 냉장고 때문인지 아이들이 벌써 칭얼댄다. 시원한 아이스크림을 손에 들려줬더니 금세 그쳤다.

　버스를 갈아타고 고속버스에 올랐다. 삶에 찌들려 그동안 고향도 잊고 살았었다. 모처럼 복잡한 도심을 벗어나니 나마저 마음이 설레는데 아내와 아이들 마음은 어떠하겠는가. 창가에 스쳐가는 들판에는 농부들의 땀으로 만들어진 고개 숙인 곡식이 내 것인 양 풍성하게만 느껴졌다. 고향에 도착한 우리는 다시 시내버스를 타고 한참을 달려 사과가 붉게 늘어진 과수원 앞에 내렸다.

어린 시절 다녔던 초등학교 앞을 지났다. 옛날 기억이 떠올랐다. 운동회 때 달리다 넘어진 일, 느티나무 그늘에는 동네주민들이 다 모여 응원하고 운동장에는 수백 명의 학생들이 청백으로 나뉘어 응원하던 모습이 생생하게 떠올랐다. 마을마다 제일 힘이 센 사람이 나와 모래가마니를 어깨에 메고 달렸다. 아이와 어머니가 발을 묶어 달리는 이인삼각도 하고, 어른과 아이가 손을 잡고 굴렁쇠 굴리기도 했다.

저수지를 지날 때는 여름날 멱 감다 물에 빠진 친구의 아버지를 건져 나오는 모습이 눈앞에 어른거리고, 날이 가물어 물이 빠지면 드럼통에 가득히 잡아놓은 큰 잉어들이 길 위로 펄떡펄떡 뛰어나올 때 무서워 도망가던 시절이 파노라마처럼 스쳐갔다.

아버지의 지게 작대기를 잡고 따라가던 그 길이었다. 논밭 길을 거닐면서 여러 가지 농작물에 대해 설명을 해도 아이들은 생전 처음 보고 듣는 말이라 잘 알아듣지를 못했다. 옛이야기를 하면서 흐르는 물에 손을 씻어본다. 돌다리를 건널 때는 가재 잡던 시절을 떠올리기도 했다. 여기저기 옮겨 다니면서 포식하던 새들이 우리가 지나가자 떼 지어 날아간다. 새떼를 보면서 아쉬워

하는 아이들, 밭둑에 세워진 옥수수를 보고는 먹고 싶어 하는 아이들에게 한 개씩 꺾어 주었다. 밭에서 노랗게 물들어가는 콩잎과 아주까리도 정겹다.

꼬불꼬불 숲 속 오솔길을 오르락내리락 따라가니 초등학교 때 소풍을 왔던 곳이다. 그늘 밑에 둘러앉아 수건돌리기 하던 곳, 보물찾기에는 하나도 찾지 못하고 점심으로 준비해 간 고구마와 밤을 나누어 먹던 곳이었다.

나는 옛 추억에 빠져 더위도 잊고 흥겨운데, 아이들은 더위에 지쳐 칭얼댄다. 푸드덕 날아가는 꿩에게 아이들의 관심을 돌려 보지만 잠시 그치는가 싶더니 금방 다시 보챈다. 질퍽거리는 논에서 수영하는 개구리를 잡아 아이들에게 보여 주니 오히려 질겁하면서 주저앉아 울음을 터뜨린다.

드디어 언덕 위에 자리 잡은 아버지 산소에 도착했다. 아들과 며느리, 둘이나 되는 손자가 왔건만 아버지는 아무 말씀이 없으셨다. 나 역시 잡초만 무성한 봉분을 한참동안 바라만 볼 뿐이었다. 살아계셨다면 저렇게 예쁜 손자를 안으면서 얼마나 좋아하셨을까. 어렴풋이 옛날 아버지의 얼굴이 영화의 한 장면처럼 눈앞에 스쳐간다. 나도 모르게 얼굴에는 두 줄기의 눈물만이 하염없이 흘러 내렸다.

잡초만 무성한 봉분, 칡넝쿨까지 엉켜있다. 벌초를 하느라 온몸이 땀으로 흠뻑 젖는다. 깔끔하게 정리를 마치고 아이들에게 할아버지 집에 왔으니 할아버지에게 큰절을 올리라고 한다. 아이들은 할아버지가 어디 있냐고 묻는다. 봉분을 가리키며 이게 무슨 할아버지 집이냐고 한다. 할아버지는 왜 안 오냐고 하는 아이들에게 할아버지는 이 땅속에서 주무신다고 대답한다. 할아버지는 왜 땅속에 있냐고 하는 아이들의 궁금증을 해결해 주기가 쉽지 않다.

아이들이 더위에 지쳐 보채기 시작한다. 방아깨비를 잡아 손에 쥐어주어도 소용이 없다. 목청껏 소리치는 매미를 찾아보라며 호기심을 자극해 보아도 관심이 없다. 즐겁게 지저귀는 산새들과 한가롭게 뛰어노는 풀벌레만 아버지 곁에 남겨두고 마을로 내려왔다.

알알이 속을 채워가는 밤송이와 도토리, 무성하게 자라는 고구마 넝쿨도 아이들에게 가르쳐 주었다. 길게 뻗어나간 넝쿨에 큼지막하게 매달린 호박, 노란 꽃으로 수놓은 넝쿨에 먹음직스런 오이를 따 먹으면서 옛 정취를 느껴보았다. 하얀 꽃으로 벌과 나비를 유혹하는 박 넝쿨, 가을을 재촉하는 잠자리가 날아다니는 고향……. 고향은 언제나 영원한 안식처였다.

3
우리도 밥 한번 먹자

슬픈 여행

　포항에 이사와 처음으로 지인들과 함께 울진의 백암온천을 가기로 했다. 십여 명의 친구들이 봉고차 한 대를 빌렸다. 먹을거리를 준비한다며 일찍이 죽도시장으로 갔다. 처음 보는 꽁치는 생물도 아니고 건어물도 아니었다. 내가 보기에는 흉측스럽게만 보였다. 소주에는 꺼덕꺼덕한 통과메기가 최고의 안주라며 한 두름 둘둘 말아 담는다. 오징어와 땅콩 등의 과일도 이것저것 더 준비했다. 매운탕을 끓일 싱싱한 생태와 야채도 구입했다. 선달 그믐이 가까운지라 바람도 많이 불고 엄청 추웠다. 준비한 물건을 차곡차곡 실었다.

　출발하자마자 와자지껄 시끄러운 차안은 털털한 유행가 가락이 울려 퍼졌다. 달리는 차량에 부딪치는 칼바람 소리와 노랫가락이 어울려 장단이 되기도 했다. 창밖을 바라보니 먼 산 곳곳에 하얀 눈이 쌓여있으며 햇살 받는 곳에는 보석 같은 광채가 눈을 부시게 하였다. 길 가장자리에는 눈과 얼음으로 빙판길이었다. 비탈진 언덕과 도로 가에는 쌓인 눈이 바람에 흩날리기도 했다. 포항에서는 구경도 할 수 없었던 눈과 빙판길이 운전하는 사람을 힘들게 했다. 여행 가는 즐거움에 시간 가는 줄 모르고 갔다. 울진을 벗어나 백암으로 들어가는 길은 너무나 험준한 산길이었다. 꼬불꼬불 산으로 올라가는 비탈길에 차가 휙휙 틀리면서 올라갔다.

차가 앞으로 구르던 뒤로 구르던 무슨 상관이랴. 고성방가로 쌓인 스트레스를 풀던 친구들 사이에 갑자기 침묵과 긴장감이 흘렀다. 비포장길 곳곳이 얼음과 눈으로 뒤덮여 있었다. 굽이굽이 돌고 또 돌아가는 길은 곡예운전을 할 수밖에 없었다. 가도 가도 끝이 없는 길을 자꾸만 올라갔다. 깊은 산속으로 한없이 들어갔다. 모두가 마음을 졸이면서 몸을 움츠리고 의자에 딱 붙어 있었다. 눈과 빙판길을 어떻게 달려왔는지도 모른다. 숨을 죽이고 운전대만 바라보는 사이 온천 주차장에 도착했다. 모두들 크게 한숨을 내쉬었다.

몇 사람이 먼저 내려 싼 곳을 찾는다며 이집 저집 헤매고 다녔다. 방 하나 얼마냐고 물어봤다. 언덕 위 허름한 집, 원탕이라는 곳에 겨우 큰 방 하나를 빌렸다. 가져온 짐을 모두 풀어놓고 펄썩 주저 않는다. 긴장감을 풀려면 한잔해야 한다며 빙 둘러 앉았다. 준비한 술과 안주로 돌아가면서 한 잔씩 걸쳤다. 통과메기라고 껍질을 벗기는데 피가 질질 흐르는 것을 나보고 먹으라고 했다. 난생 처음 보는 과메기를 나는 도저히 먹을 수가 없었다. 오징어와 땅콩으로 대신하였다. 한 잔 두 잔 기울인 잔에 허기진 배를 가득히 채운 주당들 온천이나 하러 가자며 모두 일어났다.

밖으로 나가 대혼천탕이라는 곳으로 갔다. 넓은 탕에 아깝게도 뜨거운 물이 철철 넘쳐 하수도로 흘러간다. 탕에 들어가니 너무나 매끄럽고 부드러운 촉감에 감탄사가 절로 나왔다. 뜨거운 물에 한참을 담갔다가 나왔다. 온몸이 축 늘어져 타일 바닥에 누워서 잠시 졸았다. 맘껏 온천욕을 즐긴 친구들 얼굴은 열이 올라 불그스레한 모습들이었다. 시장기가 돌았는지 빨리 나가 저녁이나 먹자고 했다. 매섭게 추운 겨울 산그늘이 내렸지만 더운 곳에 있다가 나오니 크게 추위를 못 느꼈다.

식당으로 가 술과 함께 산채요리를 시켰다. 식사가 끝나기 무섭게 한 푼이라도 벌어야 한다며 숙소로 올라갔다. 문을 열고 들어가는데 갑자기 회오리바람이 몰아쳤다. 내가 잡고 있는 문이 확 닫히면서 우측 가운데 손가락이 문틈에 끼었다. 앗, 하면서 깜짝 놀라 닫힌 문을 밀치고 왼손으로 다친 손가락을 꽉 잡았다. 잠시 후, 손을 놓으니 피가 주르르 흐르는데 보니 손가락 끝이 잘려나갔다. 잘려나간 살덩어리를 찾았지만 뭉개져 쓸 수가 없었다. 한 친구가 재빨리 양말을 벗어 둘둘 말아 묶었다. 고스톱이 문제가 아니었다. 모두들 병원 가야 한다며 정신없이 나왔다. 깊은 산골이라 우왕좌왕 하였지만 병원이 없다. 급한 김에 약방으로 뛰어 들어갔다. 묶은 양말을 풀고 상처 부위를 응급처치하고 붕대를 감고 나왔다.

친구들은 숙소로 올라가라 하고 나는 병원에 다녀올 요량으로 혼자서 주차장으로 내려갔다. 고요한 밤 너무 추워 오고가는 사람 없이 적막감마저 감돌았다. 힘없이 주차장에 기다리다 대구행 막차에 올랐다. 포항 터미널에 도착하니 늦은 밤이었다. 문을 열고 나를 기다리는 병원은 한 곳도 없었다. 아내가 놀랄까봐 여관으로 갈까 망설이다가 집으로 들어갔다. 놀러갔다가 다쳐서 돌아온 남편을 본 아내가 깜짝 놀란다. 묶여있는 상처를 어루만지며 비몽사몽 선잠으로 날이 밝기를 기다렸다.

아침 일찍이 병원으로 갔다. 의사 선생님께서 뼈는 다치지 않아 다행이라고 한다. 살과 피부가 떨어져나간 부위에 하얀 뼈만 보였다. 이대로는 치료를 할 수 없고 손가락을 배에 꽂아 피부를 배양하자고 한다. 석 달 후에 떼어서 치료하면 정상으로 된다고 한다. 석 달을 어떻게 손가락을 배에 꽂고 기다리느냐며 장애가 돼도 괜찮으니 그냥 치료나 해달라고 했다.

내가 다쳐서 먼저 오는 바람에 모처럼 나들이한 친구들 즐겁기는커녕, 초상집이었단다. 나 때문에 모두들 잠도 못 이룬 밤이 되었다. 남은 일정을 모두 취소하고 병문안 온다며 우리 집으로 왔다. 손가락은 괜찮으냐면서 위로를 한다. 나 때문에 일찍 돌아온 친구들에게 무척 미안했다. 한 사람의 부주의로 즐겁기는커녕 여러 친구들에게 걱정만 끼쳤다. 즐거운 여행을 망쳐버린 친구들에게 미안해 얼굴을 들 수가 없었다.

나의 부주의가 작은 공동체의 즐거운 나들이를 한순간에 허물어뜨린 셈이다. 함께하는 공동체는 서로 조화를 이루어 주어야 질서를 유지할 수 있다. 구성원 하나하나의 성향은 제각기 달라도 전체라는 틀에서 지나치게 불거져 나오면 행복한 집단을 만들 수 없다. 누구 하나가 사고를 치거나 엉뚱한 길로 빗나갈 때, 그 공동체는 깨어지거나 무늬만 있고 속 빈 강정이 되고 만다.

천당과 지옥

십일 월 하순, 첫추위가 기승을 부리던 날이었다. 서울을 가기 위해 고속도로에 차를 올렸다. 캄캄한 밤, 많은 차들이 꼬리를 물고 가는데 갑자기 뒤에서 빨리 비켜라는 듯 연신 빵빵 거린다. 오르막길이라 서행하는 차량으로 주행선도 추월선도 비켜날 자리가 없었다. 한참 후 내리막길이 이어지니 차량의 속도가 빨라졌다. 뒷차가 추월하는가 싶더니 바로 앞에서 급브레이크를 잡았다. 나 역시 급브레이크를 밟았으나 그만 앞차의 꽁무니를 들이박았다. 앞차는 그대로 도망가고 나의 차는 논바닥으로 추락하여 뒤집혔다. 깨어진 창문으로 나오려고 하는데 발이 디뎌지지를 않았다. 있는 힘을 다해 기어 나왔다. 비탈길에 기대어 한참을 울부짖으면서 정신을 잃었다.

깨어나니 병실이었다. 옆에는 아내와 몇몇 친지들이 와 있었다. 탈골과 골절로 만신창이가 된 다리에 너덜거리는 피부를 붙이고 있었다. 부서진 뼈도 대충 맞추고 두 다리를 높이 매달아 놓았다. 상체만 좌우로 움직일 수 있게 되었다. 혼자 힘으로는 아무것도 할 수 없었다. 모든 것을 누워서 해결하였다. 특히 옆 환자들의 식사 시간에 배설물 처리를 해야 할 때가 제일 힘들었다. 또한 치료하면서 너덜거리는 살을 마취도 없이 가위로 도려낼 때는 너무 아파서 주먹으로 머리를 내려쳐 이마가 빨갛게 부어오르기도 했다. 퉁퉁 부었던 다리가 2~3일 지나면서 조금씩 부기가 빠졌다. 부기가 빠지자 여기저기 부러진 뼈를 꿰맞추어 못을 박아 고정시키는 수술을 했다.

다행히 휠체어를 의지하여 화장실을 다닐 수 있었다. 일주일이 지나자 상처 부위가 조금씩 아물었다. 두 달이 지나자 무릎과 발목 관절 운동을 시작했다. 100여 일이 지나자 뼈가 단단하게 이어졌다. 뼈가 흔들리지 않게 두 다리에 박아놓았던 핀 열두 개를 제거하는 세 번째 수술이다. 처음과 두 번째는 통증으로 인해 수술이라는 것에 별 신경을 쓰지 않았다. 아프더라도 빨리 치료를 해야 한다는 마음뿐이었다. 마취를 어떻게 했는지 궁금했다. 간호사의 본인 확인 질문이 있었다. 하나 둘, 헤아려 보라고 하였다. 다섯 하는데 깨어보니 병실 복도였다. 부착된 핀을 제거하니 생활하는 데 편안했다. 날아갈 것만 같았다. 무릎과 함께 발목의 관절 운동은 계속되었다.

5개월이 지나서 정강이뼈에서 물이 조금씩 흘러나온다. 담당 의사가 골수염이란다. 뼈 조각도 조금씩 떨어져 나온다. 수술을 하여 상한 뼈와 염증도 제거해야 완치된단다. 네 번째 수술이다. 수술이 잘되었지만 뼈를 들어내니 움푹 파였다 정강이뼈가 기둥인데 약해져서 허리에 있는 뼈를 떼어서 이식하여야 힘을 지탱한다며 수술을 한 번 더 해야 된단다. 다섯 번째 수술이다. 수술이 잘되어 다행히 골수염도 멈추고 뼈도 붙었다.

그런데 정강이뼈에 피부가 없어 살짝만 부딪혀도 상처가 생겨 세균이 감염되면 또 골수염이 생긴다며 피부 이식 수술을 해야 된다고 했다. 좌측 허벅지의 피부를 떼어 피부가 없는 좌측 정강이뼈에 피부를 덮는 수술이다. 여섯 번째다. 수술실로 내려가는데 무섭고 두려웠지만 수술이 잘되었다. 진료를 하면서 붙여놓은 피부가 조금씩 살아나는 것을 보니 신기하면서도 반가웠다. 일곱 번째 수술이다. 우측 허벅지의 피부를 떼어 우측 정강이뼈에 붙이는 작업이다. 우측은 노출 부위가 넓어 어렵다고 했지만 수술이 잘되었다. 2주 후에 붙여놓은 피부에 영양제를 주입하면서 정성껏 치료했지만 끝내 피부는 검게 말라죽었다. 여덟 번째 수술이다. 이제는 엉덩이 피부를 떼어서 붙이는 작업이다. 수술은 잘되었다고 했지만 붙여놓은 피부가 또 검게 말라죽었다. 바로 눕지도 못하고 옆으로 또는 엎드려 생활하느라 헛고생만 했다.

전신마취 여덟 번, 생각만 해도 끔직하다. 이건 아니야, 진짜 아니야, 내가 왜이래? 이런 지옥이 어디 있어? 마취를 몇 번이나 해? 이제 나도 부족한 사람이 되는가? 아직도 몇 번의 수술을 더 해야 하는데……. 모자라는 머리로 무얼 하겠나 하는 생각이 들었다. 여기서는 안돼, 계속 실패야…….

서울대학병원으로 갔다. 아홉 번째 수술실로 가는데 이것이 바로 지옥이구나 싶었다. 대한민국에서 최고라는 병원을 믿고 맡기자. 정강이뼈 뒤쪽의 피부를 얇게 빚어 배양하는 시술을 한단다. 피부 속에 영양 주머니를 넣고 주머니에 영양제를 매일 조금씩 주입하여 피부가 길게 자라나면 덮는 기술이다. 편안한 마음으로 믿고 맡겼다. 수술이 잘되었다. 2~3일 지나니, 또 실패다. 주머니가 불량품이었다. 영양제 주머니에 미세한 구멍이 있어 영양제를 투입해도 고이지 않고 흘러버린다. 대한민국의 최고라는 병원도 이 모양이니 포항에서 이 정도라도 해놓은 게 대단하다는 생각이 들었다.

열 번째 수술이다. 이제 마취로 죽는다는 생각밖에 들지 않았다. 실패가 거듭된 것을 생각하니, 점점 두렵고 무서워졌다. 하지만 어찌하랴. 서울까지 왔는데 대한민국 최고 병원 한 번만 더 믿어보자. 또 다시 하나, 둘, 헤아리며 나를 강하게 붙잡았다. 죽으면 안 돼, 정신 차려야지. 깨어보니 회복실이었다. 매일 한 번씩 주사기로 영양을 주입하여 3개월간 피부를 배양시켰다. 임산

부처럼 불룩한 다리에 늘어난 피부를 보는 것만으로도 좋았다. 열한 번째, 마지막 수술이란다. 잘 키운 피부를 앙상하고 흉한 검은 뼈에 덮는 날이다. 이제는 두려움도 없다. 수술실로 가는데도 콧노래가 절로 나온다. 담당 교수가 수술은 참 잘되었단다. 나는 진짜 잘되었는가 의심의 눈초리로 회진 온 의료진들의 말을 믿지 않았다.

2~3일 진료를 하더니 붙여놓은 피부가 잘 붙는단다. 이제는 진짜 성공이란 그 말에 나도 믿음이 갔다. 그때의 기쁨은 말로 다 표현할 수 없었다. 이것이 바로 천당이다. 검은 뼈에 붙여놓은 피부가 잘 접착되고 있었다. 비록 움직이지 않는 피부지만 검은 다리가 정상으로 보인다. 겉모습만 피부이지, 사실은 살이 없는 뼈에 피부의 껍질을 덮어 놓은 것에 불과했다. 부드러운 촉감도 없고 딱딱하지만 살색의 피부로 보일 뿐이다. 그래도 나는 좋다. 조심만 하면 정상적인 생활을 할 수 있었다. 불편하지만 목욕탕이나 물에도 갈 수 있다. 반복되는 수술과 힘든 투병 생활 36개월의 지옥 같은 생활이었지만 희망의 끈을 놓지 않았기에 내 작은 의지와 인내로 버텨낼 수 있었다.

삼십여 년이 지난 지금 가만히 생각해보면, 탈 없이 흘려보내는 일상이 바로 나의 천국이었다.

죽 쒀서 고양이 줬다

일찍 일어나 거실로 나갔다. 순간, 깜짝 놀랐다. 창문 밖에 있어야할 물건이 없어졌다. 고무줄이 끊어진 줄 알고 재빠르게 뛰어나갔다. 여기저기 찾았지만 보이지 않았다. 고무줄을 보니 풀린 것이 아니었다. 끊어진 것이다. 밤에 손님이 다녀갔다며 다급하게 아내를 불러 깨웠다. 여기저기 친구들에게 전화도 했다. 잘 있냐고 물었다. 다들 말짱하게 잘 있다고 했다.

망설이다가 경찰에 신고하였다. 지난밤 우리 집에 도둑이 들어왔다고 했다. 전화를 받은 당직 경찰관이 이것저것 자세하게 질문하더니 잠시 후 두 명의 경찰관이 찾아왔다. 여러 가지 상황 설명을 수첩에 자세히 기록한다. 경찰은 이쪽저쪽 다니면서 도둑이 들어올 만한 곳을 둘러보았다. 혹 없어진 물건이 더 있는지 확인해보라고도 했다. 집 안팎을 확인했지만 더 이상 없어진 물건은 없다. 한참을 서성이며 생각한 경찰관이 묻는다. 혹 야옹이를 본 적이 있느냐고 했다. 가끔 지나는 것을 보았다고 했더니, 범인은 바로 그놈이라고 단정했다.

늦더위가 물러가고 아침저녁에는 서늘한 기온이 밀려오는 초가을이었다. 친구에게서 전화가 왔다. 시원한 숲 속에 가서 하루 쉬었다가 오자고 한다. 서울에 살던 친구가 고향 가서 동물농장을 차렸다. 가보지는 않았지만 여러 종류의 동물을 많이 기른다고 했다. 바람도 쐬고 구경도 하고 보약도 한 잔 하고 오잔다. 보약은 공복에 먹어야 효과가 있다며 하루쯤 쉬어 오자고 했다. 부부 동반으로 네 명의 친구가 두 대의 차량으로 출발했다.

주말이라 추월선이 없는 도로에는 많은 차량으로 가다 서다를 반복한다. 유명한 광덕산 계곡, 물가에 인접한 쉼터에 차를 세웠다. 들어가는 순간 눈길이 마주쳤다. 맑고 깨끗한 물속에는 실오라기 하나 걸치지 않고 수영을 하고 있었다. 보는 순간 너무나 아름다웠다. 먹음직스러웠다. 벌써 입가에는 침이 사르르 흐른다. 재빨리 식당으로 들어갔다. 주인을 불러 얼마냐고 묻는다. 대답도 나오기 전에 주문부터 했다. 가져온 초장 사발은 두 겹의 랩으로 덮였다. 중앙에 구멍을 하나 뚫었다. 살아있는 빙어를 젓가락으로 잡는다. 순간 온몸을 흔들어 놓쳤다. 다시 잡았다. 랩 구멍에 넣는다. 초장 속에 들어간 빙어는 날 살려달라고 꼬리를 치며 하늘과 땅을 뛰어다닌다. 잠시 숨을 멈춘 빙어를 입안에 넣는다. 마지막 발악으로 온몸을 뒤흔든다. 얼굴과 오지랖은 붉은 초장으로 온통 피투성이가 되었다. 꿈틀거리는 한 생명체를 불룩불룩 씹어본다. 그 맛은 어디에도 비교할 수 없는 추억이었다.

녹음이 우거진 깊은 산 굽이굽이 돌고 또 돌아가는 산길은 위험천만이었다. 가도 가도 끝이 없는 너무나 먼 거리였다. 차량으로 붐비던 경기도와는 달리 한산한 강원도였다. 사방이 산이고 군인들만 보일 뿐이다. 민간인들은 어쩌다 한 사람씩 보였다. 스쳐가는 00부대란 간판이 눈앞을 거슬렸다. 저쪽 저놈들만 아니었다면 이런 것 다 필요 없는데 하면서도 공포감마저 들었다. 아름다운 숲을 바라보며 이것저것 생각하면서 목적지에 도착하니 어둠이 내렸다.

강원도 화천군 사내면 사창리, 식당에는 면회 온 군인 가족들만이 삼삼오오 식사를 하고 있었다. 우리도 간단히 저녁을 때우고 농장으로 갔다. 반갑게 맞이한 주인은 머뭇거리다 말고 방으로 안내한다. 사방이 산으로 둘러싸여 하늘만 보이는 곳이다. 넓은 마루에 둘러앉아 별빛을 바라보았다. 어릴 적 고향에서 네별 내별 헤아리던 생각이 났다. 숲 속의 맑은 공기와 풀 냄새를 가슴속 가득히 채웠다. 가을을 재촉하는 귀뚜라미 소리와 풀벌레 소리를 자장가 삼아 잠이 들었다.

새벽같이 일어나 높은 하늘 아래 펼쳐진 숲 속 풍경을 바라본다. 일찍 잠에서 깨어난 꽃사슴들이 우리를 피하는 듯 이리저리 떼를 지어 다니고 있었다. 쇠창살로 만들어진 곰 사육장에는 살벌한 느낌이 들었다. 우리를 보고 금방이라도 공격할 태세였다. 풀을 먹고 있던 염소가 우리를 경계한다. 주인이 활명수 한 박스와 마취 총을 가지고 왔다. 도망가는 꽃사슴에게 총을 쏘았다. 헛방이었다. 다시 또 한방을 쏘았다. 엉덩이에 주사바늘이 꽂혀 달랑거리면서 도망을 간다. 또 한방을 쏘았다. 이리저리 도망 다니던 사슴 한 마리가 쓰러졌다. 잠시 후 또 한 마리가 쓰러졌다.

주인은 문을 열고 우리 안으로 들어갔다. 우리도 컵과 그릇을 들고 뒤따라 들어갔다. 쓰러진 사슴의 눈을 수건으로 덮었다. 뿔을 톱으로 살랑살랑 자른다. 나는 바가지를 대고 흐르는 피를 받았다. 받아놓은 피에 준비한 활명수를 섞어 컵에 담는다. 남자들만 한 컵씩 마셨다. 연붉은 피가 활명수 맛에 달콤하고 먹기가 좋았다. 남은 피도 나눠 마셨다.

피는 먹지 않았지만 피가 찔끔찔끔 나오는 뿔은 녹용이라고 여자들이 서로 가지려고 했다. 하는 수 없이 한 집에 하나씩 나누었다. 주인은 얼음주머니로 덮어 집에 가서 그늘에 매달아 말리라고 했다. 녹혈을 먹었다는 기분에 오늘밤에는 소방차가 몇 대씩 와야 한다며 시끌벅적했다. 마을에서 유명하다는 해장국집으로 갔다. 국밥으로 아침을 때우고 쉬엄쉬엄 집에 오니 저녁때가 되었다.

녹용을 꺼내어 보았다. 솜털이 뽀송뽀송하고 말랑말랑한 녹용의 촉감이 너무 부드러웠다. 중앙을 고무줄로 야무지게 묶었다. 햇빛이 들어오지 않는 그늘 기둥에 매달았다. 습도도 많고 바람도 없는데 마르겠나 하는 생각도 들었지만 약효 좋게 잘 마르기를 바라면서 한참을 바라보았다.

멀리까지 가서 진짜라고 구입한 녹용을 맛도 보지 못하고 고양이에게 바치고 말았다. 죽 쒀서 고양이 준 셈이다. 녹용을 먹여 자식들을 건강하게 잘 키우겠다는 희망이 싹 달아났다. 깨알같이 적어간 경찰관은 소식도 없다. 훔쳐간 야옹이를 잡으려고 했지만 야옹이는 영영 보이지 않았다.

공포의 베트남

첫째 날 - 어둠의 김포공항

전쟁 후 공산국가가 된 베트남은 우리나라와 수교가 없어 아무나 갈 수 있는 곳이 아니었다. 한국은 베트남의 전투병 지원국으로 하노이 국민들에게는 가슴 아픈 사연이 많은 나라였다. 하노이 정부는 대한민국을 적대국 또는 경계해야 할 위험 국가로 선포하고 우리 국민에게는 비자를 발급하지 않았다. 그러나 86년 아시안게임과 88년 올림픽을 성공적으로 치러낸 후 대한민국의 위상이 한껏 올라갔다. 세계의 시선이 한국으로 쏠려 주목받는 나라가 되고 아시아의 용이라 불리기도 했다. 하노이 정부는 대한민국을 본받아 잘사는 법을 배워야 한다고도 했다. 우리 정부에서도 자원이 풍부한 하노이와 수교를 해야 된다며 호의적이었다. 국가안전기획부는 이적단체나 이적행위가 아니면 공산국가라도 허가받아 다녀올 수 있게 방침을 바꾸었다.

　나는 하노이의 공산품과 식품업계를 돌아보기 위해 베트남 입국 신청을 했다. 때마침 '하얀 전쟁'이란 영화 제작을 위하여 베트남 현지에서 실전과 같은 영화를 만들기 위하여 방문하는 안성기 외 사오십여 명의 배우와 제작팀, 그 외에 이십여 명이 함께 입국허가를 받았다. 양국 간의 항공 운항 체결이 되어있지 않아 야간을 이용하여 특별 전세기 편으로 김포공항을 출발했다. 베트남이 하노이로 변한 후 처음으로 대한민국 민항기가 들어가는 것이었다. 공산국가라 두려움도 없지 않았지만 우리나라 최고의 배우들과 촬영 팀이 함께 간다는 생각에 살짝 들뜬 기분이었다. 한여름 어둠이 가시지 않은 새벽 3시 낯선 하노이 공항에 도착했다. 직원들이 출근 전이라 모든 업무가 정지되어 유령도시에 온 듯했다.

둘째 날 - 공포의 하노이

　7~80여 명이 공항 바닥에 옹기종기 모여 별의별 생각을 다 하면서 날이 밝기만을 기다렸다. 가방을 베개 삼아 비스듬히 누워 있는 사람, 옷을 꺼내 덮고 있는 사람, 오순도순 이야기를 나누는 사람들 등 다양한 방법으로 시간을 보내고 있었다. 화려해 보이던 톱스타들도 한 무리에 섞여 있으니 우리와 별반 다르지 않았다. 어둠이 가시자 입국 수속이 시작되었다. 영화인협회에 등

록된 사람들은 다 들어가고 협회에 등록되지 않은 사람들 이십여 명이 남았다. 갑자기 비자 발급이 확인되지 않는다며 강제로 봉고차에 태워졌다. 불법 입국자라며 수용소에 감금된다고 한다. 한참을 달려가 내린 곳은 허름한 2층집이었다.

모두 겁에 질려 숨소리조차 제대로 내지 못하고 두 개의 방에 나뉘어 갇혔다. 수개월을 기다려 받은 하노이 비자로 입국도 못한 채 어딘지도 모르는 낯선 곳에 갇힌 신세가 되었다. 출입문과 창문에는 두 명씩 경찰관이 총을 메고 서 있다. 차라리 강제 추방되면 다행이지만 불법 입국자로 징역이나 살지 않을까 불안한 마음이 엄습했다. 전화도 마음대로 할 수 없고 말도 통하지 않는다. 잠시 후 영어를 유창하게 하는 사람이 관리인에게 전화를 좀 빌리자고 하면서 우리는 당신네 국가에서 입국 허가를 받고 온 사람들이라고 손짓 발짓 다 해가며 설명했지만 묵묵부답이다.

아침 식사라고 정체불명의 음식이 나왔지만 불안한 마음에 제대로 먹는 사람은 아무도 없었다. 긴장된 간은 오그라졌다 펴졌다를 반복한다. 한 사람이 일어나, 이렇게 앉아 있을 게 아니라 돈이라도 주고 빨리 나가자고 제의했다. 모두들 그렇게라도 하자고 동의하였다. 즉석에서 모금한 돈을 뇌물로 주고 겨우 전화를 빌려 여기저기 연락했다. 가까운 방콕의 대사관과 코트라에 연락했지만 감감소식이었다. 그런데 또 점심 식사가 나왔다. 아침 식사를 제대로 못한 사람들은 시장한 나머지 아침과는 달리 밥그릇을 깨끗이 비웠다. 빈 그릇을 밀치고 둘러앉아 대책을 세워보았지만 뾰족한 방법이 없었다. 지루하게 기다리는데 갑자기 나가라는 통보가 왔다. 환호성이 터졌다. 즉석에서 모금한 돈의 효력이었다. 반가운 나머지 서둘러 나가려고 하니 호텔 사용료와 식대를 지불하고 가란다. 적반하장이다. 참으로 기가 막혔다. 그냥 있으라 해도 있지 못할 지옥 같은 곳인데 돈을 내라니, 하지만 한시바삐 빠져나오려고 어쩔 수 없이 사용료와 식대를 지불했다.

각자 택시를 타고 예약된 호텔로 갔다. 안내원을 따라 각자 방으로 가 짐을 풀었다. 커피숍에 내려가니 먼저 온 사람들이 여기저기 모여 있다. 어떻게 알았는지 현지에 살고 있는 교포들도 고국의 소식을 들으려고 많이 와 있었다. 모두가 한국 사람들이었다. 웨이터에게 부탁하여 통역원을 소개받았다. 그는 김일성 종합대학에서 경제학을 전공한 사람이라고 했다. 통역원 겸 가이드인 셈이었다. 함께 호텔 근처에 있는, 한국인이 경영하는 식당으로 가 곰탕을 한 그릇씩 먹었다. 하노이에 머무는 동안 차 한 대를 렌트해 동행하기로 약속하고 헤어졌다.

셋째 날 - 원 달라, 원 달라
일찍 일어나 호텔 주변을 산책하는데 도로 곳곳에 유난히도 오토바이가 많이 다녔다. 신호 대기 중 수백 대의 오토바이가 길을 꽉 메웠다가 신호가 바뀌자 한꺼번에 빠져나가는 모습은 장관이었다. '원 달라, 원 달라' 하면서 아이들이 손을 들고 따라온다. 천 원짜리를 한 장씩 나누어 주었더니 녀석들은 사라지고 갑자기 어디서 왔는지 한 무리의 아이들이 우르르 몰려와 손을 들고 앞뒤 좌우를 가로막는다. 아침 산책길에 이 무슨 난리인가 싶어 엉겁결에 몰려든 아이들을 밀치고 재빨리 호텔로 뛰어왔다. 가쁜 숨을 가다듬고 뒤를 돌아보니 호텔 안에는 아이들이 들어오지 못했다.

폐허로 변한 도시, 허물어진 귀중한 문화재와 고풍적인 건물들. 파괴된 현실을 보면서 전쟁이 빚어낸 엄청난 비극에, 같은 전쟁을 치른 국가의 국민으로서 안타까운 마음이었다. 통일이 되면 무얼 하나, 이런 빈민국이 어디 있나 싶었다. 다행히 폭격이 비켜 간 옛 건물들을 보면서 사오십 년대에는 우리보다 더 잘 살았었다는 인상을 받았다. 전쟁으로 인하여 통일은 되었지만 엄청난 대가를 지불한 국민들의 생활상은 한없이 추락하고 말았다. 거리에는 자전거처럼 생겼지만 뒤에는 리어카와 비슷하게 만들어진 인력거로 관광객을 태우고 시내 투어를 한다. 하나의 교통수단으로 사람들을 실어 나르고 있었다. 시가지 관광을 마치고 식사 후 가이드를 먼저 보낸 다음 혼자 남아 식당 주인에게 이곳의 궁금한 것들을 이것저것 물어보았다.

주인은 베트남 전쟁 때 이곳에 왔는데, 월남이 공산국 하노이에 함락되자 쿠웨이트로 도망가서 살다가 하노이가 안정되면서 다시 돌아왔다고 한다. 숙소로 와 텔레비전을 켜니 눈에 익은 배우들의 모습이 보였다. 하노이 말은 한 마디도 못 알아듣지만 어림잡아 전쟁 영화 촬영하러 한국의 유명한 배우들이 하노이에 많이 왔다는 뉴스 같았다. 잠자리에 눕자 갑자기 불길한 생각이 들었다. 공산국가에 대하여 안기부에서 교육을 받은지라, 혹시 밤에 북한 간첩이 나타나면 어쩌나 불안했다.

넷째 날 - 호수와 오리

호기심에 호텔 주위를 왔다 갔다 하면서 북한 사람이 다가오기를 기다렸으나 접근하는 사람은 없었다. 아침 식사는 뷔페식으로 여러 가지 과일과 빵 종류가 다양하게 있었다. 주위를 둘러보니 대부분 한국 사람이었다.

휴게실에서 기다리고 있던 안내원과 함께 차로 한참을 달려 한적한 시골 마을의 한 공장에 도착했다. 새우를 가공해서 일본으로 수출하는, 하노이에서 제일 큰 해산물 가공공장이라고 했다. 인사를 하면서 준비한 선물 교환이 끝나고, 공장 내부와 제품 생산 공정까지 자세하게 구경하였다. 점심 식사 때에는 젓가락으로는 도저히 먹을 수 없는 쌀밥이 나왔다. 입으로 후 불면 날아갈 것 같은 찰기가 전혀 없는 밥이었다. 숟가락으로만 뜰 수 있었다. 반찬은 그들만의 독특한 향 때문에 역겨웠지만 내색하지 않고 억지로 먹으며 맛있다고 했다. 식사가 끝나자 오리 농장인 습지로 갔다. 끝이 보이지 않는 평야같이 넓은 습지에 수많은 오리들이 놀고 있는 것을 보고 내심 놀랐다.

인접해 있는 도계장으로 갔다. 인사와 선물 교환이 끝나고 공장안을 둘러보고 있던 중 갑자기 전기가 나가 버렸다. 하노이는 전력이 부족해서 가끔씩 정전이 된다고 한다. 이럴 때는 어떻게 하느냐고 물었더니 발전기로 대체한다고 했지만 전기는 들어오지 않았다. 공장장은 생산과정과 제품을 보이면서 열심히 선전한다. 너무나 적극적이었다. 필요한 상식과 정보를 얻은 후 숙소로 돌아왔다.

저녁 식사 후 나이트클럽을 가 보았다. 공산국가라 늦게까지 흥청망청 먹고 즐기는 문화를 규제하기 때문에 밤 열시까지만 영업을 한단다. 우리는 맥주를 주문했다. 캔 맥주 한 병 값은 우리 돈으로 팔십 원, 파트너 봉사료는 오 달러였다. 하룻밤을 즐기는 봉사료는 이십 달러라고 했다. 여기저기 다니느라 피곤한 탓에 맥주 한잔으로 목을 축인 후 일찍이 숙소로 들어왔다.

다섯째 날 - 기다리던 간첩

휴게실에 앉아 있는데 덥수룩한 노인 한 분이 살그머니 내 옆에 앉는다. 한국에서 왔냐고 물었다. '옳거니 올 것이 왔구나. 이제야 북한에서 보낸 간첩이 내게 접근하는가보다' 생각하며 그렇다고 대답했다. 그는 차를 한잔하자면서 대화를 튼다. 자기도 대한민국 사람이라며 한국 어디에 살고 있느냐고 묻는데 가슴이 조마조마 하면서도 호기심이 발동했다. 은밀한 목소리로 대답했다. 한국에 가면 딸이 있는데 만나서 편지를 좀 전해 달라고 한다. 확실한 간첩이다. 암호문을 편지로 보내는구나 생각하면서 그렇게 하겠노라고 했다. 지금은 하노이에서 커피나무 농장을 하고 있는데, 월남전 때 파병되어 이곳 여성과 사랑에 빠져 제대후 정착한 한국인이라고 다시 소개했다. 베트남이 공산국이 되어 고국에도 못 가고 이곳에 살고 있는데 어려움이 많아 딸에게 도움을 청한다고 했다. 내게 참기름 한 병을 선물로 준다. 잠시 고민했다. 참기름 한 병 받고 정보부에 신고해야 하나, 안하면 문제가 되나 싶어 망설였다. 자기 딸을 찾아 꼭 전해 달라면서 가족사진 한 장과 깨알같이 적은 편지를 함께 내 손에 쥐어준다.

의심의 눈초리로 바라보면서 꼭 딸을 만나 전해 주겠다며 명함을 건네고 집 전화번호도 적어 주었다. 잠시나마 고국의 이야기로 함께 눈시울을 붉히기도 했다. 노인은 한국에 두고 온 가족 생각이 간절하지만 이곳에서도 결혼한 가족이 있기에 이래저래 진퇴양난인 것 같아 보였다. 한국에 있는 가족들이 얼마나 보고 싶을까 하는 애처로운 마음이 들어 안타까웠다. 간첩이 아니라는 생각을 하면서도 어딘가 모르게 마음이 놓이지 않아 가슴은 두근거렸다.

  가이드와 함께 어디론가 몇 시간을 달려 도착한 곳이 오리 농장이었다. 아주 규모가 큰 농장이었다. 병아리는 영국에서 수입하고, 사료는 자국에서 생산하며 키운 오리를 전량 수출한다고 한다. 공장장과 함께 안으로 들어갔다. 이곳의 가공 기술과 냉동 상태, 생산량 등을 살펴보았다. 준비한 선물을 교환한 뒤 식사를 하기 위해 조그마한 소규모 동물 농장으로 들어갔다. 희귀한 동물과 파충류들이 구석구석 전시되어 꿈틀거리고 있었다. 마당에서는 조련사가 여러 종류의 뱀을 번갈아가며 쇼를 한다. 높이 일어서는 코브라가 제일 힘이 좋아 남자에게는 최고라는 바람에 코브라 요리를 주문했다.

  이야기 도중 술이 나왔다. 술을 못 먹는다고 했지만 환영의 술이라 특별히 준비했으니 한잔 마셔보라며 간곡히 권한다. 잡은 코브라의 피를 술에 섞은 것이었다. 특별히 준비된 요리이니 많이 드시라고 한다. 피는 술에 타서 사혈주蛇血主로 마시고, 살코기는 술안주로 회蛇를 만들어 먹는데 우리의 물회와 비슷했다. 몸통은 탕을 만들어 밥과 함께 먹으니 그 맛이 동태탕과 비슷하고, 뼈는 푹 고아서 죽을 만들었다. 처음엔 꺼림칙해 주저주저 했지만 먹어보니 참 맛있었다. 식사가 끝나자 오늘은 특별한 보양식을 먹었으니 좌우에 두 명의 여자를 안고 자야 한다며 한바탕 웃었다.

여섯째 날 - 다시 나타난 간첩

짐을 챙겨 휴게실에서 일행을 기다리는데 어제 만났던 노인이 다시 왔다. 궁금한 눈으로 쳐다보니 부스럭거리며 가방에서 비닐봉지 하나를 꺼내더니 완두콩이라며 내손에 쥐어 준다. 한국에 가면 잊어버리지 말고 꼭 자기 딸을 찾아서 편지를 전해 달란다. 또 뇌물인 셈이다.

정리된 짐을 차에 싣고 도시를 벗어나 한적한 시골 비포장도로를 달렸다. 하노이에서 제일 크다는 공장에 도착했다. 면적은 크지만 어딘지 모르게 짜임새가 없고 엉성한 느낌마저 들었다. 어제 다녀본 공장들이 깨끗하고 더 좋았다. 이런저런 설명을 듣고 준비해 간 선물도 교환하고 식사하러 갔다. 점심 메뉴는 자라탕이라고 한다. 처음 먹어보는 음식이었다. 고기는 조금 딱딱하고 질긴 느낌이었지만 맛은 전복죽과 비슷해 잘 먹었다.

홍콩으로 가기 위해 희뿌연 먼지를 날리며 공항으로 달렸다. 길가 고목의 가로수가 달려가는 바람에 너울춤을 춘다. 이슬비도 내린다. 내가 하노이를 떠나는 것을 전송하는 하늘의 눈물이라고 생각했다. 이슬비가 소낙비로 변했다. 빗속을 헤치면서 공항에 도착했다. 세 사람이 며칠을 같이 다니면서 친구가 되었지만 출발 시간이 촉박해 저녁 식사도 못하고 아쉽게 헤어져야 했다.

깜깜한 밤 홍콩 공항에 도착했다. 늦은 밤이라 대합실에는 사람들이 없다. 띄엄띄엄 지나가는 사람이 있었지만 영어도 못하고 중국어도 못하니 어느 누구에게 물어봐야 할지 답답하기 그지없었다. 궁리 끝에 기내에서 받아 쥔 홍콩신보를 펼쳤다. 내가 필요한 한자로 된 글자에 동그라미를 쳤다. 표시된 글자는 내가 가고자 하는 호텔명이었다. 신문을 경비원에게 보여주니, 택시 기사에게 이야기하여 예약된 호텔에 갈 수 있었다. 최고급 호텔이었다. 침대가 두 개나 되는 넓은 방이었다. 너무 호화스러운 방이라 그런지 아늑하기보다 이상하게 불안했다.

일곱째 날 - 대한의 하늘 품에 안기다

짐을 챙겨 놓고 밖으로 나갔다. 택시를 타고 여기저기 구경해 가며 시내를 한 바퀴 돌아오는데 한 시간 남짓밖에 걸리지 않았다. 홍콩, 하나의 독립된 국가라고 하기에는 너무나 작은 섬이었다. 호텔 주변을 걸어다니면서 이곳저곳 보았지만 빌딩을 제외하고는 볼거리가 별로 없었다. 포장마차에서 간단한 아침 식사를 하고 콘크리트 숲 속을 거닐며 그들의 생활상을 기웃거려 본다. 백화점에 들어갔다. 역시 소비도시답게 전 세계에서 생산되는 모든 물건들이 이곳에 다 진열되어 있었다.

구경하는 재미에 시간 가는 줄 모르고 있다가 점심때가 되어 황급히 호텔로 가 짐을 챙겨 공항으로 갔다. 지난밤 들어올 때의 어두운 공항과는 완전히 다른 곳이었다. 공항으로서 완벽한 시설이었다. 서울행 비행기의 좌석 배정을 받고 아내에게 줄 선물을 구입하려고 면세점으로 갔다. 눈부시게 좋은 물건들이 너무 많아 눈이 휘둥그레졌다. 무엇을 사야할지 정신이 없다. 한참을 서성이는데 제일 먼저 눈에 들어오는 것이 보석과 양주병, 그리고 손가락 두 마디 크기의 양주 샘플이었다. 무엇을 살까 망설이다가 백여 가지의 귀여운 양주 샘플을 먼저 구입했다. 그냥 가면 아내가 서운해 할 것 같아 자그마한 선물을 챙긴 후, 서울행 대한항공 비행기에 올랐다. 우리나라 승무원들을 보는 순간 너무나 반가웠다. 일주일간 공산국을 여행하면서 불안했던 마음이, 떠나오는 아쉬움과 교차하면서 한결 가벼워진 기분으로 그간의 여행을 회상하며 밀려드는 기분 좋은 나른함에 눈을 감았다.

용문사와 뱀탕

구름 한 점 없는 초가을, 우리 부부와 정 모 씨, 박 모 씨, 그
리고 다른 친구 부부와 양평 용문사로 나들이를 떠났다. 시원
스레 달려가는 길가에는 코스모스가 가을바람에 가냘프게 춤
을 추고 있었다. 용문사 주차장 맞은편에는 음식점들이 즐비하
게 늘어서 있었다. 도심에서는 사라진 지 오래된 생사탕이란
간판도 보였다. 간판들이 제법 조화를 이루고, 상가 지붕들도
특색 있게 잘 꾸며져 있다. 새롭게 단장된 관광지의 모습에서
이국적 풍경이 느껴지기도 했다.

용문사 밑에 우뚝 서 있는 나무 한 그루, 천연기념물 30호로
지정된 은행나무다. 수령이 천 년을 넘었다. 의상대사가 지팡이
로 쓰던 나뭇가지를 꽂아두었던 것이 이렇게 자랐다고도 하고,
마의태자가 나라 잃은 슬픔을 안고 금강산으로 들어가는 길에

심었다고도 한다. 높이가 42m요, 둘레도 14m나 된단다. 아래로 처진 가지는 세월의 무게를 말해주는 것만 같아서 안타까움을 더해주었다. 생명토로 상처 부위를 때웠고 영양제 주사까지 맞고 있었다. 자라는 동안 많은 화재와 전쟁을 겪었으나 이 나무는 그 화를 면하고 지금까지 살아 있다고 하니, 인간사의 흥망성쇠를 다 알고 있으리라.

용문사는 천 년 고찰이다. 신라 신덕왕 2년인 913년에 창건하였다고 전해 내려온다. 용문사 경내는 관광객들로 인산인해를 이루었다. 등산을 하려고 온 사람들과 용문사만 구경하러 온 사람들이었다. 산 위에서부터 단풍이 물들어 아래로 내려오고 있었다. 정상 쪽은 짙은 색 옷을 입었고 아래는 엷은 색으로 물들어 가고 있었다. 바람에 날려 춤을 추는 작은 풀잎들의 모습이 마치 우리를 보고 반갑다고 인사하며 손을 흔드는 것만 같았다. 길가에는 바구니에 우리 농산물을 놓고 파는 아낙들이 즐비하게 앉아서 손님들을 기다리고 있었다.

용문사를 둘러본 우리는 주차장으로 내려와 점심을 먹기 위하여 식당을 찾았다. 첫눈에 들어왔던 생사탕이라는 간판이 자꾸 호기심을 불러 일으켰다. 궁금하다는 핑계로 들어가 보니 색상과 모양, 크기가 다른 온갖 뱀들이 진열되어 있었다. 같이 온 부인네들은 징그럽다고 나가 버렸고 남자들만 구경을 하고는 닭백숙 집으로 갔다. 토종닭 백숙을 주문하였는데 주인은 별나게 음식을 하는지 1시간이나 기다리라고 하였다.

남자들은 그 시간을 참지 못하고 구경이나 하자며 밖으로 나왔다. 꿍꿍이가 따로 있었던 것이다. 약속이나 한 듯이 뱀탕집으로 갔다. 망설임도 없이 탕 4인분을 주문하였고, 주인은 뱀을 이것저것 꺼내어 압력솥에 집어넣었다. 자물쇠로 채우고 속이지 않는다는 걸 강조하듯 우리들에게 열쇠를 건네주었다. 1시간 후에나 먹을 수 있다면서 마루에서 카드나 하면서 쉬라고 했다. 빨리 먹고 싶은 생각이었지만 식당 주위를 다니면서 구경을 하였다. 우리들의 음모를 모르는 부인네들은 묵무침과 파전을 주문하여 같이 먹자고 했지만 우리들은 빈속에 먹어야 좋다는 주인의 말에 백숙이 나오면 그때 먹겠다고 고개를 저었다. 드디어 1시간이 되어 뱀탕집으로 갔다. 뱀을 꺼내어 기계에 넣고 압력을 가하니 아래로 하얀 진국이 흘러나왔다. 모두가 한 공기씩 받아 마시고 소금으로 입가심을 하고 식당으로 가니 닭백숙이 잘 차려져 있었다. 우리는 시치미를 떼고 음식을 맛있게 나누어 먹었다.

날씨도 맑고 배도 부르고 선선한 가을바람에 한숨 자고 싶다는 생각밖에 없었다. 지나간 추억이 생각났다. 영화인들과 함께 '하얀 전쟁'이란 기록영화 촬영을 위하여 특별기편으로 새벽 4시에 베트남 공항에 도착했는데 비자 신청이 되지 않아 수용소로 이송되었고, 오후 2시에 양국 간의 협의가 이루어져 수용소 사용료를 납부하고 나왔으며 촬영이 없는 조용한 날 몇 사람이 뱀 요리 전문집에서 회와 불고기, 탕을 먹었던 생각이 났다. 그러나 국내에서는 처음 먹어보았다. 구수하고 담백한 탕이 그때의 추억처럼 또 먹고 싶다는 충동으로 다가왔다.

잠도 깨울 겸 박 모의 제의로 근처에 있는 도로가의 집에 가보기로 하였다. 그곳에는 의지할 곳 없는 할머니들 10여 명과 그들을 돌보는 여성 전도사 한 분이 계셨다. 전도사는 자원봉사 다니다가 이곳 민가에서 봉사하게 되었다고 한다. 우리들은 그곳에서 40대 전도사의 눈물 나는 이야기를 듣고 누가 먼저라고 할 것도 없이 조금이나마 도움을 드리고자 각자 주머니를 털었다. 몸소 실천은 못할지라도 봉사의 마음을 전달하게 된 것이다. 아무 조건 없이 자신을 포기하고 남을 위해 봉사하면서 살아가는 전도사 앞에서 우리들은 고개를 들 수가 없었다.

돌아오는 길, 불편한 생각 하나가 떠올랐다. 하필이면 살생의 죄를 범하는 닭백숙이나 뱀탕을 먹어야 했을까. 미안한 마음이 새록새록 생겨났다. 돌아오는 발걸음이 가볍지가 않았다.

꿈에 그리던 홍도

홍도를 가기 위하여 스물여섯 명의 남녀 친구들이 서울역 광장에 모였다. 휴가철이라 그런지 저녁 시간인데도 많은 사람들로 붐볐다. 출발 시간이 되자 준비한 짐을 들고 호남선 열차에 올랐다. 통로를 기준으로 주류酒類와 비주류非酒類로 좌석은 자연스레 나누어졌다. 오랜만에 만난 친구들은 모두 동심으로 돌아갔다. 어릴 적 소풍가던 때로 돌아간 듯, 옛 이야기와 웃음소리로 차안이 시끌벅적하였다. 주당들은 주거니 받거니 기울인 잔에 취하여 하나 둘 쓰러져서 조용해졌다. 몇몇 남은 친구들은 흔들리는 좌석에 기대어 잠을 청해보지만 설렘으로 깊은 잠은 오지 않는 것 같았다.

먼동이 트는 아침, 열차는 목포역에 도착했다. 역 광장에 자리를 펴고 모두가 둘러 앉아 준비한 음식을 펼쳐 놓고 아침밥과 겸

하여 먹고 마신다. 재명이의 장난에 모두들 배꼽을 잡는다. 과연 '움직이는 웃음보따리'라는 별명답다. 뜨거운 태양이 비치는 광장에서 아침부터 밀려온 더위로 온몸을 땀으로 적시며 배가 출발할 시간을 기다렸다. 홍도로 가는 배에 승선할 시간이 가까워져서 급히 여객선 터미널로 갔다. 터미널 안과 밖에는 벌써 발디딜 틈도 없다. 길게 늘어선 줄의 끝이 안 보였다. 급한 마음에 뛰어가 뒤쪽에 줄을 서 기다려 보았지만 사람이 너무 많아 타지 못할 것 같은 느낌이었다.

항만청에 근무 하는 친구에게 전화를 했다. 아직 출근 전이라고 하였지만 나를 만나기 위하여 단숨에 달려왔다. 모두들 사무실로 들어가 차를 한 잔씩 마시면서 그동안 만나지 못한 친구들의 소식을 주고받았다. 배를 타야 할 시간이 되자 직원들이 다니는 출입구로 우리 일행들을 먼저 들어가게 하였다. 배에 오른 뒤 이리저리 배안을 구경하면서 우리들이 앉을 자리도 찾았다. 밖에는 배를 타려는 사람들이 한꺼번에 몰려와 아수라장이라도 된 듯했다. 차례를 기다리며 길게 늘어선 줄은 엉망이 되었다. 서로 먼저 타려고 주먹질이 오가는 일이 여기저기서 벌어지고 있었다. 배를 타지 못하는 사람들도 무척 많았다. 하지만 승객을 가득 태운 배는 서서히 목포항을 뒤로 하고 홍도를 향하여 떠났다. 넓은 바다와 크고 작은 섬을 가로질러 한참을 달려간 곳이 중간 기착지인 흑산도였다. 잠시 배가 멈추어 흑산도에 오는 관광객들과 상인들을 내리고 배는 홍도로 출발했다.

　홍도에 도착한 배는 항만에 닻을 내리지 못하고 바다에 떠있자, 작은 통통배 두 척이 와서 관광객들을 실어 항구로 이동시켰다. 배에서 내리기를 기다리는 동안 세 척의 배에서 뿜어 나오는 매연과 심한 파도 때문에 일부 친구들은 구토를 하고 쓰러지고 하여 또 한 번 아수라장이 되었다. 간신히 선착장에 내린 사람들은 몸을 가누지 못하고 여기저기 엎드려 있었다. 한참을 기다린 끝에 쓰러진 친구들이 간신히 몸을 가누어 일어났다. 관광도 식후경食後景이라 바닷가 식당으로 갔다.

　식사가 끝나자 바다에 들어가 수영을 즐기는 친구도 있고 낚시배를 빌려 타고 고기를 잡으러 나간 친구들도 있다. 남은 친구들은 말끔히 정돈된 자갈밭에 앉았다. 홍도의 맑은 공기를 한껏 마시면서 물 위에 솟아있는 기암괴석과 그 자태를 뽐내고 있는 섬들을 쌍안경으로 구경했다. 나와 두 사람은 민박집을 구하러 갔다. 몇 곳을 다녀보았지만 물이 없어 그런지 화장실이며 모든 환경이 너무나 불결했다. 여기서 하룻밤을 보내고 싶은 마음은 전혀 없다. 70년대 후반인 그 당시에는 육지에서 싣고 온 물을 10리터에 오백 원씩 판매했다. 물값이 완전히 금값이었다. 빗물을 받아 사용하는 작은 섬에 많은 사람들이 한꺼번에 몰려드니 물이 부족한 것은 당연할지도 모르겠다. 즉석에서 협의한 결과 이곳을 떠나 흑산도로 가기로 하였다.

목포에 있는 친구에게 전화를 했다. 여기서는 잘 수 없으니 흑산도에 가서 머무를 집을 구해 달라고 하였다. 조금 후 친구는 모든 것이 해결되었으니 흑산도로 가라고 한다. 그러자 낚시하러 바다에 나갔던 친구들이 왔다. 이장에게 이야기하여 흑산도에 갈 배를 빌렸다. 해는 지고 어두운데 급히 흑산도로 출발하였다. 암흑의 세계로 변한 바다에는 아무것도 보이지 않았다. 긴장감으로 인하여 모두가 두 손을 꼭 잡고 애간장을 태우는 사이 흑산도에 도착했다.

전등을 든 사람이 다가왔다. 기다리고 있었다면서 깨끗이 잘 정돈된 집으로 안내하였다. 방에 들어가서는 모두들 안도의 한숨을 내쉬었다. 물을 보더니 감탄한다. 물도 잘 나오고 온천물 같이 매끄럽고 깨끗하기 때문이다. 기대하고 갔던 홍도는 짜증나는 곳이었지만, 흑산도의 좋은 물이 몸과 마음까지 말끔하게 씻어 주었다. 홍도에 내릴 적에 바다 위에서 공포에 떨며 아슬아슬했던 순간들과 해수욕을 즐기고 물이 없어 씻지도 못하고 이곳까지 온 이야기들을 나누면서 자정이 넘어서야 겨우 잠자리에 들었다. 일찍 일어나 어시장으로 갔다. 시장에는 오징어배가 들어와 경매를 하고 있었다. 오징어는 작지만 싱싱해서 입맛을 돋우었다. 입찰이 끝나자 두 상자를 구입하여 숙소로 가져 왔다. 수돗가에 앉아서 다리와 통통한 몸통을 분리하였다. 몸통만 버너에 불을 피워 살짝 데쳐 초장에 찍어 먹으려고 하는데, 잠자던 친구들이 너도나도 일어나 뛰어나왔다. 새콤달콤, 쫄깃쫄깃 육지에서 먹는 그 맛과는 사뭇 달랐다. 아침 식사를 마치고 수영하러 갔다. 그늘진 솔밭에 자리를 잡고 물놀이를 즐기려고 하였지만 물이 없어 수영은 할 수 없었다. 조개를 잡으면서 물이 들어오기를 기다렸고 오징어 다리와 도시락으로 허기진 배를 채웠다.

오후가 되어 물이 조금씩 밀려왔다. 어제 못한 수영도 즐기면서 흑산도를 구경했다. 곳곳이 절경이었다. 비틀거리는 해를 바라보면서 숙소로 왔다. 저녁은 이곳 특산물인 홍어요리를 먹기로 하였다. 고약한 냄새가 나지만 맛있게 즐기는 친구들이 있는가 하면 먹지 못하는 친구들도 있었다. 이틀 밤이나 제대로 잠을 자지 못하였지만 정감 나는 이야기로 저녁 시간을 보냈다.

아침 해가 밝았다. 흑산도의 아쉬움을 뒤로하고 준비한 선물 꾸러미를 챙겨 목포행 배에 올랐다. 홍도에 내릴 때 많은 고생을 했기 때문인지 오늘은 아주 편안하고 즐거운 바다 여행이었다. 처음 홍도 여행을 계획했을 때는 생각만 해도 꿈에 부풀어 모두가 행복했다. 그러나 홍도에 들어가지 못하고 배는 바다에 떠있고 작은 돛단배가 사람을 실어 나르는 동안 흔들리는 배에서 너무나 고생을 많이 했다. 추억에 젖어 있는 사이 어느덧 배는 목포항에 도착했다. 유달산과 삼학도를 먼발치에서 구경하고 목포의 별미인 낙지 요리로 점심을 먹은 후, 지친 몸을 열차에 실었다. 괴로움과 즐거움이 교차하는 인생처럼 여행도 그러했다.

흑염소의 소신공양

  '아, 이럴 수가!'

  모두가 기다리던 바비큐, 온 정성을 다해 만든 황토마네킹, 상상만 해도 입맛이 절로 당겼던 숯향기 어린 바비큐가 연기와 함께 사라져 버렸다. 들떠있던 축제 분위기가 갑자기 절망으로 바뀌었다. 아쉬워 철망을 자꾸 뒤적이는데 위쪽에 덜 타고 남은 부분이 있었다. 한 친구가 살코기를 찾았다며 소리쳤다. 너도나도 서로 먼저 맛보려고 손을 내민다. 먼저 입을 대었던 친구가 도로 뱉어내며 투덜댄다. 살코기가 아니라 타다 남은 숯덩이였단다. 퍼석퍼석해 먹을 수가 없다고 하였다. 하지만 그것이라도 먹어보려고 따라가면서 난리 법석이었다. 맛이 있고 없고가 문제가 아니었다. 먹을 수 있느냐, 못 먹느냐가 문제였다. 맛있는 흑염소 바비큐를 만들어 먹으려고 의정부 시장까지 가서 철망

과 진흙까지 준비하지 않았던가. 기대가 컸기에 그만큼 허탈감
도 컸다.

아 이걸 어쩌랴!

모두들 아쉬워 서있는데 한 친구가 뛰어가더니 두꺼비 한 병
을 잡았다. 가득히 채운 잔을 나누기엔 모자라 한 병을 더 잡았
다. 잔을 높이 들고 바비큐라고 외쳐보았다. 그러나 흑염소 바비
큐는 없었다. 바비큐 때문에 늦은 시간까지 바둑으로 전투를 즐
기는 친구, 동양화 그림공부 하는 친구들, 자지 않고 기다리고
있던 가족들이 하나둘 잠자리로 들어갔다.

스물두 명의 부부가 의정부 불곡산으로 피서를 가기로 했다.
그곳의 지리를 잘 알고 있는 친구가 현장답사를 거친 후, 일정과
준비물을 알려주었다. 각자 맡은 물품을 준비하여 전철역에 모
였다. 오랜만에 만난 친구들은 반가운 마음에 서로의 안부를 묻
는다. 단합도 잘 되지만 눈빛만 보아도 서로의 마음을 읽을 수
있는 진정한 친구들이었다.

준비해 온 물건을 한곳에 차곡차곡 모았다. 나는 흑염소 한 마
리를 준비했다. 저렇게 많은 것을 누가 다 먹느냐고들 한다. 확
인한 물건을 다시 나누어 한 짐씩 짊어지고 목적지로 출발했다.
2박 3일간 푸짐하게 먹고 마실 음식을 준비하였지만, 그래도 빠
트린 것이 있었다. 회장단은 빠트린 물건을 구입하러 시장으로
갔다. 흑염소 바비큐에 필요한 황토와 철망을 구입했다.

목적지에 먼저 도착한 친구들이 우물을 파고 화장실과 샤워실을 만들고, 그 옆에 대형 천막으로 비가 들어오지 않게 취사장과 쉼터도 만들었다. 마지막으로 가족 단위의 텐트를 치고서야 모든 준비가 끝났다. 휴게실에서는 부인들이 시원하게 만든 미숫가루를 한 잔씩 돌렸다. 흐르는 땀과 피곤함을 싹 털어낼 수 있었다.

휴식을 취한 친구들은 땔감을 준비한다며 이리저리 흩어졌다. 밤에 갑자기 기온이 떨어지면 모닥불을 피워야 하고 또한 바비큐를 하려면 나무가 필요했다. 주위에 흩어져 있는 나무둥치와 잔가지들을 한곳으로 모아 산더미처럼 쌓아놓았다. 부족한 물건을 준비하느라 늦게 도착한 친구들이 샤워실과 우물, 텐트, 화장실, 휴게실을 둘러본다. 소홀한 곳이 없나 확인을 하고 일정에 따라 당번을 정한다.

바비큐 만드는 걸 구경한다고 휴게실에 모여 있던 친구들 모두 나왔다. 염소의 발끝에서 머리끝까지 철망을 감아 고정시켰다. 둘러서있던 친구들 이래라 저래라 모두들 한 마디씩 거든다. 황토에 물을 부어 반죽을 만들어 두껍게 발랐다. 깨끗한 황토 옷을 만들어 입은 흑염소는 마네킹이 되었다. 산더미처럼 나무를 쌓고 그 위에 염소를 올려놓았다. 그 위 다시 나무를 얹었다. 마른 나무에 붙은 불은 하늘 높이 솟아오른다. 정월 대보름날 저녁 달집 태우듯 산속이 대낮같이 밝았다. 황토 속에 들어있는 흑염소가 익으려면 많은 시간이 걸린다며 휴게실로 모였다.

오락과 정담을 나누며 바비큐가 만들어 지기를 기다렸다. 두세 시간쯤 지나 큰 불이 없어지고 잔불이 타고 있는데 한 친구가 다 됐다며 소리를 친다. 오락을 즐기고 있던 친구들, 잠자고 있던 친구들 모두가 궁금해 하면서 우르르 몰려갔다. 숯불 속에 묻혀 있는 흑염소를 찾느라 긴 작대기로 뒤적이는데 어디선가 파란 불꽃이 폴폴 날아 나온다. 무엇인가 싶어 덮혀있는 잔불을 헤치니 흑염소 마네킹에서 나오는 것이었다. 마네킹을 끄집어내어 자세히 살펴보니 갈라진 흙 속에서 파란 불꽃이 계속 뿜어 나왔다. 모두들 이상하다며 삽으로 마네킹을 부셨다. 흙이 떨어지고 철망을 털어 보니 흙 속에 묻어두었던 흑염소는 온데간데없었다.

아뿔싸!

불이 너무 과열되어 이미 고기와 잔뼈까지도 다 타버리고 기울어진 방향으로 모아진 기름이 타느라 파란 불꽃이 피어나온 것이었다. 흑염소 바비큐를 먹겠다고 잔뜩 기대하고 있던 눈들이 그만 힘이 쭉 빠지고 말았다. 모두가 허탈해서 할 말을 잃고 멍하니 있었다. 비싼 돈 주고 산 흑염소는 간 곳이 없고 부서진 흙과 앙상한 철망만 남아있었다.

아침에 일어나니 모닥불은 계속 타고 있었다. 아침 식사를 준비하는 동안 산행을 즐겼다. 늦었지만 즐거운 식사 시간이다. 어제의 아쉬운 바비큐가 반찬거리로 아침 식탁에 올랐다. 오랜만에 만나 멋진 바비큐 파티를 할 수 있었으면 얼마나 좋았을까. 참으로 아쉽다며 모두들 한 마디씩 해댄다. 아쉬움을 뒤로 한채, 성공적인 바비큐 파티에 재도전하리라 다짐하면서 흑염소화형식 겸 2박 3일간의 피서를 마쳤다.

깔딱고개 무장공비

무장공비인가 모르겠어요. 틀림없어요, 배낭 지고 한 손에 지도 들고 전등과 칼을 차고 황급히 산속으로 도망갔어요, 저기 저쪽으로 올라갔어요.

신고를 받은 경찰과 군부대는 대간첩작전으로 비상이 걸렸다. 거리마다 갑자기 무장한 경찰과 군인들이 늘어섰다. 곳곳에 검문하느라 길목이 다 막혔다. 아래서부터 산 정상까지 작전이 개시되었다. 산과 계곡이 완전히 포위되었다. 모처럼 텐트 속에서 휴가를 즐기던 사람들에게 무장한 경찰들이 들이닥쳤다. 텐트마다 신분을 확인하느라 난리 법석이다. 평화롭게 야영을 하던 사람들은 무장공비가 침투했다는 말에 혼비백산하였다. 캄캄한 밤에 모두들 황급히 짐을 챙겨 철수한다. 친구는 무슨 영문인지도 모르고 무장한 군인들에게 잡혀갔다.

친구가 잡히자 작전은 모두 끝났다. 골짝마다 그 많던 사람들이 다 떠나고 아수라장 같던 계곡은 너무나 조용해 적막강산이다. 친구는 가족과 만나지도 못하고 경찰서에 잡혀가 밤을 새워 조사를 받았다. 잠은 한숨도 못 자고 고생만 하다가 겨우 풀려났다. 산 위에서 기다리던 친구들은 그런 사실도 모르고 오지 않는다고 핀잔이다. 아빠를 기다리던 아이들은 늦은 시간에 잠이 들었고 부인은 오지 않는 남편을 기다리며 뜬눈으로 밤을 새웠다. 아침이 되어서야 풀려난 친구가 까칠한 얼굴로 도착했다. 환호하는 가족과 친구들이 얼싸안는다. 고생은 했지만 경찰관 덕분에 쉽게 찾아올 수 있었다.

가족과 함께 여름 휴가철에 친구들을 만나기로 했다. 친구가 미리 현장을 답사하여 산 좋고 물 좋은 곳을 선택하였다. 모월 모시 인수봉 입구 주차장에 모이라는 연락이 왔다. 목적지는 깔딱고개를 넘어 폭포 아래다. 찌는 더위에도 아랑곳하지 않고 다양한 폼으로 산의 벗이 되고자 모였다. 차가 못 올라가는 길을 걸어서 올라가야만 했다. 배낭과 짐 보따리를 등에 지고 양손에 들고 아이와 부인을 앞세우고 산길을 오르는 모습들이 마치 피난민 행렬 같다. 땀이 뻘뻘 흘러도 행복한 가족 나들이에 모두들 즐거움이 가득했다. 30대 피 끓는 젊음을 앞세워 기세등등하게 출발했다.

즐거움과 웃음도 잠시였다. 이게 무슨 암초인가, 숨이 깔딱깔딱 넘어간다. 가파른 비탈길에 계단식 절벽을 만났다. 이름에 걸맞게 숨을 깔딱거리며 모두들 기어 올라갔다. 너무나 힘들어 세월아 네월아 올라만 가자는 친구도 있고, 누가 이런 곳을 선택했느냐며 짜증을 내는 친구도 있었다. 무겁고 힘들어 들고 가던 짐을 친구들 몰래 조금씩 버리기도 했다. 마음이 조급한 친구는 무거운 짐을 풀숲에 숨겨놓고 아이들을 안았다, 업었다, 떠밀어 올려도 보지만 힘들기는 마찬가지였다. 가족을 옮겨 놓은 친구는 숨겨 놓은 짐을 찾으러 내려갔다가 찾지도 못하고 빈손으로 와서 숨겨 놓은 물건을 몽땅 잊어버렸다고 한숨을 짓는다.

짜증도 잠시 시원한 계곡 폭포에서 떨어지는 맑고 깨끗한 물이 마음을 씻어주다. 어린 아이들을 데리고 가파른 산에 오른다는 건 정말로 힘든 일이었다. 취사장과 침실은 물론 폭포 아래 물웅덩이를 이용하여 아이들이 좋아하는 놀이터에 수영장까지 만들었다.

용인에 사는 친구는 바쁜 업무로 가족을 먼저 보내고 퇴근 후에 오기로 했다. 낮에도 찾기 힘든 깔딱고개를 가족과 친구들이 기다리는 곳에 가려고 짐을 가득히 담은 배낭을 메고 산기슭에 도착했다. 약도와 전등을 들고 오솔길을 올라갔지만 길을 잘못 들었다. 한참을 이리저리 헤매고 다녔지만 결국 찾지 못했다.

야영하는 텐트를 두드렸다. 여보세요, 여보세요, 여기 깔딱고개 올라가는 길이 어디인가요? 전등불을 비춰보지만 대답이 없다. 깜짝 놀란 사람들은 옴짝달싹 못하고 밖으로 나오지도 않는다. 캄캄한 밤 조급한 마음에 여기저기 두드리며 올라가는 길을 물었다. 텐트 속에서 본 야영객들은 밤에 배낭을 메고 지도와 전등을 들고 산으로 올라가는 사람을 수상히 여긴 나머지 간첩이라 신고했던 것이다.

소주 한잔에 고향 이야기와 사업 이야기에 울고 웃는 사이 이틀 밤이 후다닥 지나가 버렸다. 산에 올라올 때 너무 힘들어 풀밭에 버려두었던 수박까지 찾아와 그 수박 이야기로 배꼽을 잡고 웃기도 했다. 사방팔방에서 모인 까닭에 다양하게 먹을 수 있는 행복감도 있었다. 수영장에서 아이들의 신나는 웃음소리로 산이 울렸고, 방학 숙제인 곤충채집과 식물채집도 했다. 풍성한 자연의 품속에서 하룻밤을 보낸 멋진 휴가로 기억에 남았다. 죽마고우는 그 무엇과도 바꿀 수 없는 진한 정을 주고받을 수 있어 참으로 좋았다.

간첩 혐의로 봉변을 당했던 친구의 아픈 기억도 있지만, 그것도 죽마고우들만이 나눌 수 있는 소중한 추억이었다. 아이들에겐 자연의 소중함과 필요성을 공부했던 멋진 휴가였다.

천렵 유감

황급히 일으켜 들쳐 업고 밖으로 뛰어나왔다. 길 위에 눕히고 입가에 흐르는 피를 수건으로 닦으며 젖은 옷을 갈아입혀 서둘러 차에 태웠다. 캄캄한 밤 초행의 시골길은 어디가 어딘지 분간하기 어려웠다. 비상 깜빡이를 넣고 쌍 라이트를 켜고 정신없이 차를 몰았다. 옆에서는 '밟아, 밟아' 하면서 거듭 재촉을 한다. 이곳저곳으로 갈팡질팡 돌고 또 돌았다. 그렇게 한참을 달리다가 보니 저 멀리 희미하게 약이라 쓴 간판이 보였다.

저기 저쪽, 저쪽으로 가자. 삐이익. 빨리, 빨리 내려 안에 사람 있나 봐. 확인해 봐. 여보세요, 여보세요, 쾅쾅쾅 쾅쾅. 안 계세요, 문 좀 열어 주세요! 쾅쾅쾅 쾅쾅. 여기 좀 도와주세요. 누구신데 왜 이러세요. 죄송하지만, 급한 환자가 있어요. 여기 좀 보시고 치료 좀 해줘요! 예 그러지요. 근대 왜 그랬어요. 개울물에서 넘어졌어요. 예, 어디 봅시다. 아이고, 많이 다치셨네요. 소독하고 우선 약을 좀 바르고 드세요, 많이 아프시겠습니다. 여기는 병원이 없어요. 밤이라 어쩔 수 없으니 내일 병원 가서 꿰매세요.

무쇠도 녹일 듯한 삼복에 맛있는 매운탕을 해 먹겠다고 지인들 여럿이 부부 동반으로 물고기를 잡으러 갔다. 길게 늘어선 차량 행렬을 지루하게 따라갔다. 달아오른 아스팔트 위의 열기는 숨이 멎을 지경이었다. 땀을 뻘뻘 흘리면서 광덕산 계곡에 도착했다. 물가에는 벌써 많은 사람들이 자리를 잡아 쉬고 있다. 넓은 곳이 없어 띄엄띄엄 빈자리를 찾아 텐트를 쳤다. 나는 건너편 널찍한 바위 위에 터를 잡았다. 기초가 튼튼하여 제일 잘 지었다고들 했다. 구름 속을 드나들며 숨바꼭질하던 해가 한쪽으로 기울어지자 사람들이 하나둘 자리를 떴다. 우리는 준비해 간 찬거리를 들고 물가에 모여 코펠에 밥을 하고 반찬을 만들어 반주를 곁들여 맛있게들 저녁 식사를 했다.

밤에 고기를 잡아서 아침에 매운탕을 해 먹는다고 어두워지기를 기다렸다. 사방이 캄캄해졌다. 횃불을 밝히고 손전등을 비추며 망태기를 챙겼다. 출발하려고 하는데 하나둘 빗방울이 떨어지기 시작했다. 이 정도 비는 괜찮다며 일어섰다. 물에 들어갈 즈음에는 비가 많이 내렸다. 위험하다며 고기잡이를 포기하고 돌아왔다. 각자 텐트 속으로 들어가 쉬는데 비는 갑자기 소나기로 변했다. 지붕 위에는 주룩주룩 빗방울 떨어지는 소리가 요란

했다. 그도 잠시 금세 비가 그치고 조용해졌다.

한 친구가 다시 가자며 소리를 지른다. 모두들 어두운데 내일 낮에 잠자며 그냥 잠자리에 들었다. 돌 위가 약간의 경사라 누워 있어도 편치를 않았다. 조금씩 몸이 아래로 밀려 내려갔다. 막 잠이 들려고 하는데 또 비가 내린다. 텐트 위에 비가 떨어지는 소리에 잠을 잘 수가 없었다. 한참을 기다려도 빗줄기는 전혀 수그러들 기세가 아니었다. 불안해서 일어나 밖으로 나왔다. 암흑 속에서 전등으로 흘러가는 물을 비춰본다. 그새 물이 많이 불었고 유속도 빨라졌다.

친구들 있는 곳으로 건너가려고 물에 들어갔다. 낮에는 무릎까지 올라오던 물이 엉덩이까지 올라왔다. 건너가자마자 비상이라고 외치며 잠자는 친구들을 깨웠다. 차량에 시동을 걸고 라이트를 비추었다. 여자들은 전등으로 주위를 밝게 비췄다. 물가에 있는 텐트를 짐과 함께 통째로 높은 곳으로 먼저 옮겼다. 다음은 건너편에 있는 우리 텐트를 옮길 차례다. 다시 건너가니 물은 허리춤까지 차올랐다. 위험을 무릅쓰고 건너다니면서 먼저 짐을 차안으로 옮겼다. 빈 텐트를 접을 새도 없이 4명이 그대로 들고 높은 곳으로 옮겼다. 다행히 낮에는 빈자리가 없었는데 밤이라 여기저기 빈자리가 많았다. 장대같이 쏟아지는 비를 맞으면서 짐을 다 옮겼다. 한바탕 전쟁을 치렀다. 모두들 흠뻑 젖은 모습이 영락없이 물에 빠진 생쥐 꼴이었다.

흐르는 물과 땀을 훔치며 옷을 갈아입었다. 젖은 몸을 말리기 위하여 차 안에서 히터를 켜고 부둥켜안고 있었다. 한참 동안 몸을 말린 친구들은 하나둘 각자의 텐트로 들어갔다. 그렇게 많은 비가 내리더니 언제 그랬냐는 듯 또 조용해졌다. 전등으로 아까 누워있었던 바위를 비춰보았다. 물이 바위 위에까지 차올랐다. 비도 그치고 몸도 말랐으니 안심하고 잠을 잘 수 있었다. 이른 새벽에 일어나 보니 밤에 불어났던 물이 많이 줄어 있었다. 구름 한 점 없이 화창한 날씨였다. 전날 밤 한바탕 난리를 치른 친구들이 흘러가는 물을 보면서 이야기꽃을 피웠다.

물고기를 잡는다고 그물이며 통발과 낚시까지 거창하게 준비를 해왔다. 여자들은 매운탕에 필요한 양념도 알뜰하게 챙겨 왔다. 어디에 고기가 많이 놀고 있는지 여기저기 다니면서 물속을 들여다보고, 밤에 고기를 잡으러 올 곳은 나뭇가지를 꺾어 표시를 해 놓았다. 낮에는 물가 풀 속에 숨어 있다가 어두워져야 활동을 할 거라는 계산이었다. 저녁 식사가 끝나자 해는 지고 어두워졌다. 모두들 고기를 잡으러 물에 들어갔다. 여자들이 전등과 바구니를 들고 따라다니며 불을 비춰주었다. 남자들은 고기가 다니는 길목에 그물을 펼쳐들고 기다리고 있었다. 아래쪽에서는 열을 지어 고기를 그물 쪽으로 몰았다. 그물을 몇 번 건져 올렸지만 잡혀온 것은 피라미 몇 마리뿐이었다. 이쪽저쪽 다니면서 훑쳐보지만 고기는 좀처럼 잡히지가 않았다. 반갑게도 낮에 담가 놓은 통발 속에는 고기가 더러 들어 있었다.

수심이 깊은 곳으로 자리를 옮겼다. 가슴까지 차오르는 물속을 이리저리 홀치고 다니며 고기를 몰았으나 별 소득이 없었다. 그때 듬성듬성 놓인 돌을 징검다리 삼아 건너뛰던 친구 부인이 그만 발을 헛디디고 넘어졌다. 돌에 부딪혀 이가 부러지고 얼굴은 온통 피투성이가 되었다. 고기고 뭐고 갑자기 아수라장이 되었다. 고기를 잡으려다 되레 사람만 잡은 꼴이었다. 고기를 쫓는다고 뒤집어 놓은 돌을 밟고 가다가 생긴 불상사였다. 단돈 몇만 원이면 매운탕거리를 사고도 남을 것인데, 모처럼 천렵의 즐거움을 누려보려는 야무진 꿈은 그렇게 허망하게 막을 내렸다. 대신 '돌다리도 두드려 보고 건너라'는 교훈만 엄청난 대가를 치르고 뼈저리게 배운 셈이었다. 작은 방심이 실수를 가져오고, 실수는 예기치 못하는 한순간에 닥친다. 인생을 살아가는 데도 방심하지 말고, 항상 조심조심 살아가야 하리라.

우리도 밥 한번 먹자

"우리도 밥 한번 먹자."

하늘이 무너져 내리는 느낌이었다. 일주일 넘게 국수로 끼니를 때운 사춘기의 둘째 아들이 하는 말이었다. 사기꾼과 사업한다며 수십 억의 재산을 한꺼번에 다 날린 뒤였다. 경매로 집이 넘어가고 살림살이가 거리로 나왔다. 길거리에 널려있는 살림을 주섬주섬 싣고 어디인지도 모르는 시골 농가의 창고로 갔다. 몇 번씩이나 자살을 시도했지만 죽기는 너무 힘들었다.

삼화식품 영업부 부장이라는 직함의 양 아무개라는 이가 우리 집에 세 들어 살았다. 한달 두달 지나면서 가까워졌다. 어느 날 초대를 받아 저녁 식사를 같이 하게 되었다. 식사가 끝나고 세상살이 이야기가 무르익어가는 중이었다. 그는 새로운 사업을 하려고 회사를 그만두었다고 했다. 우리나라에서는 처음 선보이는 칠면조 훈제 요리라며 카탈로그를 보여주었다. 사업을 준비하는데 자금이 부족해 그러니 조금만 투자하라고 했다. 외국에서는 최고급 요리라며 백화점에 나가면 크게 히트 칠 고급 상품이라고 한다. 나도 칠면조 훈제라고는 처음 들었다. 전혀 모르는 사업이라 선뜻 대답을 하지 못했다.

며칠 후 그를 불렀다. 나는 식품에 대하여 아무것도 몰랐다. 힘든 사업이긴 하겠지만 당신이 책임진다면 한번 생각해볼 수 있다고 했다. 그는 영업은 책임지고 할 테니 관리만 잘해 달라고 간청한다. 창업에 필요한 자금도 일부 준비되어 있다고 했다. 본인도 투자한다는 말에 믿음이 생겨 무릎을 탁 치며 동의했다.

"그럼 됐다. 당신을 믿고 나도 투자하겠다. 우리 열심히 잘해보자. 당신이 1/3, 내가 2/3를 투자해서 내일부터 바로 준비하는 거야."

평소 존경하는 교수님을 찾아갔다. 식품 판매업을 하려고 하니, 이에 걸맞게 회사 이름을 지어 달라고 부탁했다. 한학을 전공하신 교수님은 맛있고 몸을 건강하게 한다는 뜻으로 '자양식품'이라는 상호를 지어주었다. 기념으로 현판까지 멋지게 써 주셨다. 사무실을 준비하고 업무에 필요한 집기를 모두 갖추었다. 분야별 필요한 사람을 구하기 위하여 신문에 사원 모집이라는 광고도 실었다. 라면 박스에 가득히 모아진 이력서를 분야별로 분리하였다.

면접을 통하여 백화점에 파견할 미모의 여성 삼십 명과 열 명의 남성을 뽑았다. 기타 관리사원 열 명도 함께 채용했다. 먼저 채용된 디자이너가 파견사원과 내근사원으로 구분하여 제복도 멋지게 디자인했다. 포스터와 카탈로그도 제작했다. 선발된 사원들을 전문훈련기관에 의뢰하여 일주일간의 업무 교육과 예절 교육을 마쳤다. 또 현장 교육으로 백화점마다 식품코너를 돌면서 트레이닝을 시켰다.

지정된 공장에 의뢰하여 우리가 판매할 제품을 생산했다. 여러 백화점에 시식코너를 만들어 3인 1조로 직원들을 파견하였다. 제품 설명과 함께 칠면조 훈제 요리라고 소리를 질러본다. 처음으로 접해보는 고객들의 반응은 별로였다. 칠면조도 먹는가 하면서 힐긋힐긋 쳐다보면서 지나치는 사람도 있었다. 일주일이 지나자 소문이 났는지 고객들이 많아지기 시작했다. 맛을 본 사람들은 그냥 가는 사람이 없다. 날이 갈수록 너도 나도 맛있다며 날개 돋친 듯 잘 팔렸다.

남의 공장에 주문하여 훈제를 생산하니 제때 공급이 되지 않아 불편했다. 재고도 많이 생겨 생각보다 이익이 적었다. 하는 수 없이 공장을 짓기로 하였다. 토지를 구입하여 건축 허가를 받고 연구실과 창고도 지었다. 생각지도 않던 자금이 많이 추가되었다. 시설 투자 하려고 남겨두었던 자금이 공장 짓는 데 다 들어갔다. 설비를 하기 위하여 은행에 문을 두드렸다. 은행을

활용하여 모든 설비를 독일에서 수입했다. 국내에서 둘째가라면 서러울 정도의 자동화 시설이었다. 식품제조업법이 너무 까다로워 여러 번의 수질 검사를 거쳐서야 겨우 인허가를 받을 수 있었다.

많은 자금이 투입되면서 동업자와 다툼이 생겼다. 처음과는 다르게 영업에 필요하다면서 지출만 계속하는 것이었다. 수십억 원의 설비를 들여오면서 많은 금액을 빼돌렸다. 경찰에 고소를 하였지만 오히려 큰소리쳤다. 완전히 빈주먹에 사기꾼이었다. 다툼을 정리하고 투자한 것이 아까워 혼자 운영하기로 했다.

연구실에서는 직원들이 신제품을 개발한다며 밤낮 없이 고생했다. 영업사원들은 개발한 제품을 여기저기 다니면서 고객들의 반응을 살펴보았다. 공장을 가동하기 위하여 생산직과 관리직 삼백여 명을 뽑았다. 실패와 실패를 거듭한 끝에 제품이 생산되었다. 환호와 기쁨으로 두 뺨에는 구슬 같은 눈물이 주르르 흐르기도 했다. 많은 물건이 시중에 나가려다 보니 운영자금이 부족했다. 이제 마지막이라며 남은 재산을 다 투자하였다.

여러 백화점 식품코너에는 우리 제품이 나란히 진열되어 있었다. 파견된 직원들이 선전과 판매에 열정을 바치고 있는 모습에 가슴이 뿌듯했다. 기쁨도 잠시 반품이 쏟아져 들어왔다. 수거한 세품은 즉시 소각장으로 보내야 했다. 연구실에서는 원인 규명에 나서고 공장은 멈췄다. 돈을 차에 가득 실어다 소각하는 꼴이었다. 환장하고 미칠 지경이었다. 설상가상 백화점에서는 철수하라는 통보가 왔다. 원인은 밝혀졌다. 제품 생산에 문제가 있는 것이 아니었다. 포장지 귀퉁이에 보이지 않는 구멍이 생겼다. 경쟁사 직원들이 냉장고를 정돈한다며 포장지에 미세한 구멍을 뚫어 놓았다. 구멍 난 제품은 오염된 공기가 들어가 색깔이 변하고 맛이 변했다.

철수한 백화점에 우리 냉장고를 준비하여 다시 진열키로 했지만 전 재산이 다 소진되었다. 하는 수 없이 동생과 처남의 힘을 빌렸다. 동생과 처남의 도움으로 사업은 다시 시작되었다. 공장이 돌아간다. 각 백화점과 시장에까지 우리 제품들이 많이 진열되었다. 현금으로 수입하여 만든 제품을 납품하면 한 달씩 모아 3개월 어음으로 결제해 주었다. 현금 회수는 무려 6~7개월이 걸렸다. 필요한 운영자금을 준비할 수 없었다. 하는 수 없이 어음을 할인하여 자금을 돌렸다. 경쟁으로 인하여 적은 이익에 어음 할인 비용으로 이익금은 다 날아갔다.

운영에 경험도 없고 제품에 대한 지식도 없이 부족한 자금에 한 번 기울어진 사업을 다시 일으키려고 하니 너무 힘들었다. 나의 힘으로는 역부족이었다. 하는 수 없이 파산하고 말았다. 수금한 어음이 있었지만 직원들의 월급과 퇴직금으로 지불해야 했다. 살던 집과 그 큰 공장이 반값도 안 되는 금액으로 경매되었다.

이런 처지를 안 김 아무개의 도움으로 거처가 마련되어 나의 본업으로 돌아갈 수 있었다. 이 아무개는 자기 집 점포를 비워주었다. 손 아무개는 점포에 인테리어를 해주었다. 박 아무개는 차량과 생활비를 보내왔다. 이 아무개 선생님께서는 지인들을 모아 고객으로 만들어 주었다. 나의 본업인 꿀보다 더 달콤한 사랑으로 저를 도아 준 모든 분들께 감사드린다. 새로운 삶을 살면서 동업은 금물이다, 모르는 사업은 하지 말라는 어른들의 말에 실감한다. 무리수는 두지 말라는 바둑의 가르침을 생각하면서 어려운 이웃과 함께 봉사하면서 살기로 다짐했다.

4
취한들 어떠랴

울릉도에 울려온 비보

휴대폰 벨이 울렸다. 자정이 지난 시간에 웬 전화냐며 받았다. 장모님이 돌아가셨다는 처남의 전화였다. 얼마 전부터 건강이 좋지 않았지만 이렇게 빨리 돌아가실 줄은 미처 생각하지 못했다.

이걸 어쩌나! 큰일이다. 과대표와 옆방에 있는 아내를 살며시 불렀다. 아무런 말도 못하고 일정표를 들고 밖으로 나왔다. 의논 끝에 우리 부부는 먼저 떠나기로 했다. 하지만 여기서는 내 마음대로 오갈 수도 없다. 숙소의 주인을 불러 어려운 상황을 이야기했다. 다행히 휴가철이라서 새벽 5시 30분에 임시 배편이 있다고 했다. 하지만 벌써 예매가 마감되어 표를 구할 수 없단다. 그래도 간청해 보았다. 자정이 넘은 시간에 주인은 여기저기 전화를 걸었다. 지금은 구할 수 없다고 했다. 하기야 자정이 넘은 시간에 어디서 표를 구하겠는가.

새벽에 매표소에 가면 응급환자용 표를 구입할 수가 있다고 했다. 훌쩍거리는 아내와 나는 조용히 짐을 싸고 기다리고 있었다. 조급한 마음에 누웠다 일어나면 10분, 또 누웠다 일어나면 20분, 그러기를 거듭했다. 기다리다 지친 우리는 애꿎은 시간만 원망하다가 살그머니 숙소를 빠져나왔다. 단숨에 선착장으로 뛰어갔다. 이른 시간이라 매표소에는 아무도 없었다. 희미한 불빛 아래 놓인 의자에 기댄 채 추위에 오들오들 떨면서 기다렸다. 조급함과 긴장감으로 아무리 시계를 들여다보아도 제자리 걸음인 것만 같다. 마음 같아서는 바닷길을 무작정 달려가고 싶은 심정이었다. 아내는 몇 시간째 울기만 한다.

두어 시간을 지났을까, 대합실에 불이 켜졌다. 매표소에서 배표를 구입하였다. 하나둘 사람들이 모이기 시작했다. 우리는 제일 앞에서 승선 순서를 기다리고 있었다. 먼저 승선한다고 먼저 가는 것도 아닌데, 왜 이렇게 마음이 조급한지 나도 내 마음을 추스르지를 못하고 걷잡을 수 없었다. 배에 올라 앉아 있어도 불안하기만 했다. 바람 한 점 없이 고요하고 맑은 날씨라 예정 시간보다 빨리 도착한다는 방송이 나왔다. 내 마음엔 너무 느리게 가고 있는 것 같아 답답하기 그지없었다. 항구에 도착하자마자 서둘러 택시를 타고 집으로 가는데 무슨 신호가 그렇게 긴지 짜증스러웠다. 집에 들어와 상주의 복장을 갖추고 단숨에 이웃에 사는 처남 집으로 달려갔다.

　교수님과 학생들이 제헌절 연휴에 울릉도를 가기로 했다. 내가 포항에 사는 관계로 왕복 승선권과 2박 3일 숙박지 등 관광에 관한 모든 일정을 준비했다. 일행은 늦은 밤 강남터미널에 모여 심야 고속버스로 이른 새벽 포항터미널에 도착했다. 어둠을 헤치며 북부해수욕장으로 가서 바닷가를 거닐다가 식당으로 들어갔다. 포항의 명물인 물회를 주문하여 한 그릇씩 먹었다. 무쇠도 녹여버릴 것 같은 태양빛에 유난히도 반짝이는 파도를 바라보며 울릉도 선착장으로 갔다. 울릉도는 본인 의사와는 관계없이 날씨 때문에 못갈 때가 많다. 다행히 바람 한 점 없는 쾌청한 날씨 덕에 부담 없이 출발했다.
　나도 울릉도를 두 번이나 가려고 했지만 날씨 관계로 한 번도 가지 못했다. 학우들도 울릉도는 처음이라고 부푼 가슴을 한 아름 안고 내려왔다. 넓은 바다를 가로질러 물보라를 휘날리며 힘차게 달려가자 함성이 터졌다. 내륙에 사는 학우들이라 바다를 접할 기회가 많지 않았다. 여기저기 모여앉아 가슴속 깊이 묻어두었던 보따리를 풀어헤치니 하하 호호 이야기꽃이 만발하였다. 한참 무르익어 가는데 벌써 울릉도에 도착한다고 안내 방송이 나왔다. 멀미는커녕 빨리 도착한 것을 모두들 아쉬워했다. 배가 선착장에 접안하자 가득하던 사람들이 반 이상 내렸다.

남은 사람들은 다시 독도로 출발했다. 끝없이 펼쳐진 바다 위에서 저 멀리 보이는 것이 독도라고 방송이 나왔다. 경비대 초소와 송신탑과 등대가 보이는 독도 앞 바다에 도착했다. 독도에 접안하지는 못하고 저만치서 눈요기만 했다. 관광이나 개인 용무로는 입도를 하지 못한다고 했다. 배가 좌우로 한 바퀴 돌았다. 사진에서만 보던 독도, 가까운 곳에서 바라보는 독도는 너무나 깨끗하고 아름다워 보였다. 그저 바라만 보아도 행복해 연신 감탄사를 연발했다. 얼른 내려서 우리 땅 독도를 밟아 보고 싶은 심정이 간절했다. 저렇게 깨끗하고 아름다운 대한민국의 영토를 그 누가 감히 자기네 땅이라고 우긴단 말인가. 하늘이 알고 땅이 알고 있는 사실인 것을. 웃고 즐기는 사이 배는 다시 울릉도 항구에 도착했다.

내리자마자 유람선이 떠 있는 방향으로 많은 사람들과 함께 뛰어갔다. 귀에 익은 유행가는 관광객들을 유혹한다. 단숨에 배 위로 뛰어올라 갔다. 물살을 가르며 항구를 떠나자 주위에서 맴돌고 있던 갈매기들이 떼를 지어 따라오고 있었다. 참으로 장관이었다. 갈매기 구경에 모두들 아우성이다. 매점에 가서 새우깡을 구입하여 한 개씩 던져 주었더니 갈매기는 잘도 받아먹는다. 새우깡을 쥐고 하늘 높이 팔을 치켜들면 잽싸게 새우깡만 채어가는 것이다. 그 모습을 여기저기서 촬영하느라 정신이 없다. 결국 주위의 멋진 바다와 울릉도의 풍경은 구경도 못 하고 갈매기와 신나게 놀기만 했다.

　반환지점을 돌아올 때 비로소 신비하고 아름다운 섬, 울릉도의 비경을 감상하면서 준비해 온 사진기에 담느라 정신이 없었다. 그러는 사이 배는 이미 선착장에 도착했다. 아름다운 비경을 보지 못한 사람들은 아쉬워하면서 한참을 서성이다가 내렸다. 선착장 부근의 마을을 한 바퀴 거닐어 보았다. 섬사람들이 생활하는 모습을 보며 예약된 식당으로 갔다. 술을 좋아하는 친구들은 벌써 자리 잡고 앉아 싱싱한 해산물과 함께 즐기고 있다. 특색 있는 울릉도 음식을 주문하여 나누어 먹었지만 최고 인기는 역시 생선회다. 아주 맛있게 먹고 마신 주당들은 자정이 가까워지자 하나둘 숙소로 들어갔다.

　깊은 슬픔을 안은 채 여섯 형제와 가족들이 다 모여 있다. 가깝게 살면서도 하나뿐인 딸과 사위가 제일 늦게 온 것이다. "장모님 죄송합니다. 이제 근심 걱정 없는 하늘나라에서 편안히 계세요."라며 기도 드렸다. 저녁이 되자 많은 사람들이 오가는데 깜짝 놀랐다. 울릉도 갔던 친구들이 왔다. 친구가 상을 당하여 슬픔에 잠겨있는데 어떻게 우리가 관광이나 할 수 있냐면서 모든 일정을 단축하고 나왔단다. 교수님과 학생들은 장모님 영전에 하얀 국화꽃을 바치고 갔다. 관광 일정을 단축하면서까지 장모님의 빈소를 찾아온 교수님과 학생들에게 감사드린다. 기회가 주어진다면 즐겁고 행복한 여행을 즐길 수 있도록 다시 한 번 준비하겠다. 높디높은 하늘나라에서 편히 쉬고 계실 장모님, 하나뿐인 사위라고 한없는 사랑을 베풀어주신 장모님, 사랑하는 장모님 영전에 이 불효자 고개 숙여 다시 한 번 용서를 비옵니다.

아들의 붕어빵

둘째 아들의 대학 3학년 겨울 방학 때의 일이다. 방학도 하기 전부터 아르바이트를 하겠다고 자금이 필요하니 30만 원을 빌려달라고 했다. 나는 단박에 거절했다. 지난번에 아들이 1, 2학기 등록금을 한꺼번에 달라고 하여 주었더니 한 학기만 등록하고 주식 동아리에 가입하여 나머지 돈을 모두 날린 전과가 있었기 때문이었다. 아들은 이번에는 절대 실수하지 않을 것이라면서 한 번만 더 도와달라고 하였다. 좋은 아이디어가 있다면서 열심히 벌어 주식하여 날린 돈을 모두 갚겠다고 하였다.

둘째아들은 친구와 같이 붕어빵 장사를 하기 위하여 이미 붕어빵 기계를 친구 집에 빌려다 놓고 있었다. 노력하는 모습에 나는 속는 셈치고 30만 원을 주었다. 방학이 되자 친구와 같이 두호동 이마트 옆 골목 처마 밑에 자리를 잡아 리어카에 붕어빵 가판대를 차렸다. 나는 평생 밥도 한번 안 해본 머슴애들이 파는 붕어빵이 무슨 맛이 있겠냐고 생각했는데, 나의 예상과는 다르게 붕어빵은 구워지기가 무섭게 잘 팔려 나갔다. 아들 녀석은 점심을 먹고 한 시쯤 나가서 늦은 밤까지 열심히 붕어빵을 팔았다.

자정이 되어야 하루를 마감하고 기름 묻은 그릇과 공구들을 집으로 가져와 마루에 쌓아 놓았다. 아침에 제 어머니는 아들이 고생한다고 하루 종일 사용한 기름 묻은 그릇을 깨끗이 씻어주었고 또한 그날 판매할 재료를 준비해 반죽을 만들고 팥을 끓여 으깨어 두면 점심 먹고 준비된 물건들을 챙겨 나가는 것이다. 사실 나는 집에 자질구레한 물건들을 어지럽게 쌓아 놓은 것과 널려진 그릇들 때문에 돈이고 뭐고 복잡해서 귀찮았다. 그렇지만 아들은 조금씩 남는 재미로 신이 났다. 한 열흘 장사하더니 붕어빵 옆에 오징어와 과메기, 군고구마까지 내놓고 팔고 있었다.

장사가 생각보다 잘되니, 아들과 친구는 의논 끝에 다른 곳에 지점을 차리기로 하였다. 여기 저기 장소를 물색한 끝에 창포동 그린마트 옆에 붕어빵 2호점을 차렸다. 후배 학생 둘을 아르바이트로 고용해 관리를 맡기고 자정이 되면 수금하러 간다고 했다. 지점 역시 차리자마자 장사가 잘되었다. 아들 녀석이 장사를 어떻게 하는지 궁금해 한번은 들여다보았다. 장사가 잘 되는 비결이 따로 있었다. 엄마와 손을 잡고 아이가 지나가면 아이에게 붕어빵 한 개를 주면서 맛을 보게 한다. 아이 엄마는 맛이 좋아서 사기도 하겠지만 이유 없이 아이에게 붕어빵을 준 고마움에 팔아 준다고 하였다. 아들은 순수한 마음으로 아이가 귀여워서 하나씩 나누어 준 것이었는데 오히려 이것이 손님의 마음을 움직인 것이었다. 다녀간 손님이 다시 오고, 또 다시 와서 사 갔다.

그렇다. 장사를 하려면 때로는 내 것도 조금씩 내놓을 줄 알아야 한다. 내 아들과 친구는 참 멋진 녀석들이다. 뒤에서 준비해 주는 제 어머니도 힘은 들지만 그날그날 물건을 다 팔고 오는 아들을 기특해 하면서 같이 신이 났다.

1호점과 2호점에서 두 달간 열심히 모은 돈이 그간 들어간 모든 비용을 제하고도 오백만 원이나 되었다. 두 사람이 각각 이백오십만 원씩 나눠 가졌다고 했다. 그래서 아들에게 지난번에 탕진한 등록금을 달라고 하였다. 아들 녀석은 돈이 없다고 했다. 그렇게 많이 벌어서 다 어떻게 했느냐고 따졌다. 아들은 대학 등록금을 내지 못한 같은 반 친구에게 일백만 원을 장학금으로 주고 일백오십만 원은 차를 할부로 구입하겠다고 한다. 차를 사면 운행비와 할부금은 어떻게 하느냐고 했더니 아르바이트를 해서 갚는다고 한다. 나중에 안 사실인데 어느 회사에 자격증을 대여하면서 매월 30만 원씩 용돈을 받아쓰고 있었던 것이다.

　말은 안 했지만 참으로 기특했다. 방학 동안 쉬지도 못하고 추운 날씨에 가족까지 동원해 힘들게 번 돈을 어려운 친구에게 백만 원이나 도와준다는 것이 보통 일인가. 참으로 멋진 녀석이다. 이런 아들이 있어 마음이 든든하다.

　김남준! 넌 역시 내 아들이다. 어른인 우리도 쉬 하지 못하는 일인데, 벌써 어려운 친구를 도우려는 착한 마음을 가졌으니 대견한 일이다. 나는 차 할부금은 아버지가 갚아 줄 테니, 너는 열심히 운행비나 벌어서 사용하라고 말했다. 이제 3학년인데 벌써 사회로 나갈 준비를 하는 일은 참으로 신선한 도전이요, 가슴 뿌듯한 일이었다.

　나의 아들이 멋진 사나이로 커 가는 모습이 참 아름답고 고마웠다.

금강산에 올라

친구들과 함께 금강산에 가기로 하였다. 북한 땅을 밟는다는 생각에 손꼽아 기다려졌다. 당일엔 아침도 거른 채 설레는 마음으로 북부해수욕장 주차장으로 갔다. 기다리던 관광버스에 짐을 싣고 올라가 의자에 비스듬히 기대고 앉았다.

따뜻한 봄인데다가 주말이라 그런지 도로는 많은 차량으로 붐볐다. 두 시간을 달려 삼척의 성 박물관에 도착했다. 잘 다듬어진 공원과 정비된 산책로에는 각종 전시회에서 입상한 각양각색의 남녀 성기를 전시하고 있었다. 박물관 안으로 들어가 보았다. 세계 각국의 성 기구 및 성관계 묘사의 형상물을 전시하여 웃음과 함께 볼거리가 많았다. 또한 옛날 어부들이 고기잡이에 사용하던 어구들과 여러 가지 형태의 모양으로 만들어진 농기구들도 전시되어 있었다. 옛날 선조들의 생활상을 그대로 재현해서 어떤 기구들이 어느 곳에 어떻게 사용되었는지 알기 쉽게 진열해 놓았다. 그때에 비한다면 지금의 생활이 얼마나 편한 것인가를 새삼 느낄 수 있었다.

동해안 절경과 검푸른 바다를 감상하며 모래시계로 유명한 정동진의 소리 박물관으로 갔다. 옛날부터 우리가 사용한 악기, 라디오, 전축, 각종 전자제품과 전기제품 등을 많이 진열해 놓았다. 옛날 것들을 보노라면 그야말로 금석지감이 든다. 박물관 관람을 마치고 굽이굽이 산길 따라 군사분계선 입구 금강산 콘도에 도착했다. TV를 시청하거나 오락을 즐기는 사람 등 자유로운 시간을 즐기면서 편안히 잠자리에 들었다.

그러나 나는 새벽에 일어나야 한다는 긴장감 때문에 깊은 잠이 들지 않았다. 일어나니 1시, 다시 일어나니 3시, 잠들려고 하니 4시였다. 모두 일어나 호떡집에 불난 것처럼 호들갑을 떨었다. 모든 짐을 챙겨 지하 식당으로 내려갔다. 식당에는 많은 사람이 한꺼번에 몰려와 아수라장이었다. 아침 식사를 마치자 누가 먼저라 할 것 없이 급히 버스에 올랐다. 한참을 달려 만남의 장소인 비무장지대에 도착했다.

출국 수속을 하는데 윤 모 씨가 신분증을 가져오지 않았다. 한 사람 때문에 모두가 붙들려 있었다. 이리저리 연락을 하고 분주히 뛰어다니더니 간신히 수속이 이루어졌다. 모두가 한숨을 몰아쉬고 웃으면서 북한 땅으로 들어갔다. 우리를 기다리고 있던 버스에 마지막으로 올랐다. 창밖에는 벌거숭이산들이 보였다. 군사시설들이 곳곳에 웅크리고 남쪽을 바라보고 있다. 가뭄에 말라버린 논밭에는 가냘프고 헐벗은 노동자들의 모습이 여기저기 보였다. 넋을 잃고 창밖을 바라보는데 목적지인 온정각 주차장에 도착했다.

일정에 맞춰 다시 버스를 갈아탔다. 구룡폭포를 가기 위하여 산기슭을 가로질러 숲 속으로 올라갔다. 좁은 주차장에 내리니 이슬비가 조금씩 뿌렸다. 많은 사람들이 비는 아랑곳하지 않는 듯 산으로 올라갔다. 들어올 때의 모습은 벌거숭이 산이었는데 이곳은 울창한 숲과 기암괴석이 너무나 아름다웠다. 맑은 물이 흐르는 계곡과 아름다운 경치에 감탄사가 절로 나왔다. 멀리 바라보이는 산기슭 큰 바위에는 김일성을 찬양하는 글이 곳곳에 새겨져 있었다. 여기저기에 지키고 선 안내원은 2인 1조가 되어 관광객들에게 구룡폭포에 대한 유래를 자세하게 설명해 주었다. 또한 저가의 기념품을 만들어 가판대에서 팔기도 했다. 등산로 주변의 화장실은 입장료를 받았다. 입식은 1달러, 좌식은 4달러였다. 세계 어디에도 이렇게 비싼 화장실 사용료는 없을 것 같다. 그림 같은 폭포와 주변을 구경하고 내려왔다. 조선소라는 쇠고기 구이집이 있어 호기심에 들어갔다. 한 접시 주문하여 철쭉 술과 함께 먹어보았다.

점심도 거른 채 다시 버스를 타고 삼일포라는 호수로 갔다.

호수는 매우 큰 편이었다. 포구 안 정각에는 각종 주류와 먹을 거리를 팔고 있었다. 누가 먼저라 할 것 없이 우르르 들어갔다. 이것저것 주문해서 맛을 보았지만 허기진 배를 채우기는 역부족이었다. 길목에 서 있던 안내원이 이곳의 유래를 잘 설명하였다. 멀리 산기슭의 바위에는 김정숙 여사가 다녀간 곳이라고 크게 새겨져 있다. 설명이 끝나자 여성 안내원에게 노래를 한 곡 부탁했다. 박수를 치면서 흥을 돋우었다. 안내원은 기다렸다는 듯 민족의 노래라며 한 곡 부른다. 손바닥을 치면서 장단을 맞춘다. 호수를 한 바퀴 돌아보았다. 예정된 시간에 맞춰 버스에 올랐다. 다시 온정각 주차장에 도착했다.

시간에 쫓겨 물 한 모금 마실 여유도 없다. 곡예단 공연을 관람하러 갔다. 앉자마자 공연은 시작되었다. 사회자가 "민족의 정신 아래"라는 말을 할 때는 가슴이 찡해 목이 메기도 했다. 2시간의 관람을 끝내고 숙소인 금강산호텔 별관에 짐을 풀었다. 오래된 건물이지만 우리 취향에 맞게 깨끗하게 꾸며져 있었다. TV에 대한민국 방송은 모두 나왔지만 북한 방송은 한 채널도 없었다. 북한 땅에서 북한 방송은 보지 못하고 대한민국 방송을 시청해야 하는 아이러니한 일이 슬프기만 했다.

일찍이 산책을 나갔다. 깨끗한 정원 잔디밭 복판에 무엇인가를 하얀 천으로 덮어놓았다. 두 명의 여성이 청소를 하고 있다. 여성에게 하얀 천 속에 무엇이 있냐고 물었다. 이것은 수령님의 훈시라고 한다. 왜 보자기로 덮어 놓고 청소를 하느냐고 물었다. 수리중이라고 하였다. 발걸음을 옮겼다. 아카시아라는 푯말 옆에 분홍빛 꽃이 활짝 피었다. 분홍색 아카시아 꽃이란다. 하얀 아카시아 꽃은 보았지만 분홍색 아카시아 꽃은 이름도 처음 들어본다. 한참을 물끄러미 쳐다보았다. 분명 아카시아 꽃이었다. 또 발걸음을 옮겼다. 남성 두 명이 서있다. 이곳은 무엇을 하는 곳이냐고 물었다. 아무 일 없는 곳이라고 한다. 몇 마디 말을 더 걸었다. 독도 문제 등 남북한의 정치적인 말도 하였다. 청소하던 여성이 그곳까지 뛰어왔다. 이곳은 관광하는 곳이 아니라며 빨리 나가라고 한다. 더 이상 말을 하지 못하게 하였다. 하는 수 없이 대답을 듣지 못하고 호텔로 돌아왔다.

아침 식사를 중국식으로 끝내고 짐을 꾸려 버스에 올랐다. 온정각 주차장에 기다리고 있던 만물상행 버스를 갈아탔다. 만물상 106구비 중 차량으로 77구비, 660m 높이에 내렸다. 29구비, 350m을 걸어가면 왕복 약 3시간의 거리라고 안내원이 설명했다. 곰바위를 지나 왼쪽 편의 주차장에 도착했다. 올라가던 중 쌍촛대 바위와 낙타봉을 보았다. 관음폭포와 방향대, 천성대, 석경대, 전망대 등을 지나 올라갔다. 중간에 삼선암을 거쳐 절부암에서는 멧돼지 형상을 한 바위와 망장천 약수와 함께 육화암이 있었다.

망향대 입구 절벽의 철계단을 올라가면 돌로 만든 터널이 나타난다. 절벽의 철계단 2개를 내려왔다. 낙석바위 지점이 있고 망향대는 1망향대, 2망향대, 3망향대가 있다. 그중 3망향대가 제일 경치가 아름답고 멀리 볼 수가 있어 동해 바다 해금강까지 보인다고 안내원이 설명했다.

동해 바다는 구름에 가려 보이지 않았다. 금강산의 아름다운 자태를 한쪽면만 구경할 수 있었다. 금강산은 위치와 바라보는 방향에 따라 형상이 달라진다고 하였다. 내려오는 길 7층 암자에는 닭 모양의 바위가 있었다. 한 소년이 금강산의 아름다움에 취해서 잠이 들었다. 닭 꿈을 꿨는데 깨어보니 닭은 없고 닭의 알만이 있었다고 한다. 소년이 그 알을 집에 가져와 부화한 것이 지금의 닭이라는 전설 이야기도 하였다. 그때 이 세상에 닭이 처음으로 만들어졌다는 이야기다. 그래서 바위가 닭의 형상을 꼭 빼닮았다고 했다. 5월 하순인데도 금강산 중턱에는 얼음이 넓게 얼어 녹지 않고 있었다. 북쪽이 남쪽보다 상당히 춥다는 것이 현실로 느껴졌다.

등산을 마치고 식당으로 갔다. 한식 뷔페다. 각색의 채소들이 준비되어 있었다. 그 중에 특이한 것은 새싹 나물이었다. 아주 싱싱하고 아삭아삭하고 상큼한 맛이 꽤 매력 있었다. 새싹으로 비빔밥을 만들어 먹었다. 선물코너도 있었지만 기념품 정도라면 몰라도 탐나는 물건은 없었다. 오고 가는 사람들은 대부분 대한민국 관광객들이었지만, 간혹 외국인들도 눈에 띄었다. 관광객들이 금강산 여행을 통해 간접적으로 북한의 경제적인 어려움을 조금이나마 도와주는 셈이다.

　돌아오는 버스에 몸을 실었다. 북한 땅을 뒤로하고 다시 대한민국 땅을 밟으니, 분단된 조국에 대한 슬픔이 울컥 북받쳐 올랐다.

취한들 어떠랴

11가족 40여 명이 설악산 오색 약수터로 3박 4일 휴가를 갔다. 무더위 속 구름 한 점 없는 여름날, 설레는 마음으로 양재동 만남의 광장에 모였다. 울긋불긋한 옷차림과 가방들이 백화점 진열대처럼 화려하다.

서울의 날씨는 무덥고 화창했는데, 그곳에 도착하니 이슬비가 내리고 있었다. 먼저 도착한 선발대는 40여 명이 머무를 터를 잡아 비닐과 신문을 두툼하게 깔고 그 위에 돗자리를 깐 뒤 대형천막을 펼쳐 식당과 휴게실을 만들었다. 후진으로 도착한 친구들은 잠자리에 필요한 주택 열한 동을 지었다. 모두 열두 동의 집을 지어 놓으니 갑자기 텐트촌으로 변했다.

비가 내린 탓에 급히 지은 주택이라 비바람에 물이 스며들지 않나 구석구석 점검까지 끝냈다. 식사 준비는 남자들이 하고 환경 정리는 부인들이 한다. 팀별로 역할을 나누었다. 식사는 저녁부터 단체 급식이었다. 일찍 산행을 마치고 내려가는 등산객들은 늦은 저녁을 준비하는 모습을 보고 '비가 오는데……' 하면서 걱정하는 눈치였다. 하지만 하늘도 우리를 반기듯 잠시 후 비가 그치고 계곡에는 깨끗하고 시원한 물이 철철 흐른다.

흐린 날씨에다 골짜기라 일찍 어두워져 등불을 중간중간에 밝혀야 했다. 한쪽에서는 술잔을 기울이고 또 한쪽에서는 화투를 즐기며 그동안 못 나누었던 이야기로 시간 가는 줄 모르다 새벽녘에야 모두들 잠자리에 들었다. 야간 당번 두 사람은 장기를 두면서 날이 밝기를 기다린다. 비가 와서 그런지 모기가 없어 준비해 간 모기향도 필요치 않았다. 모기 때문에 잠을 설칠 일도 없었다. 유원지라 화장실에도 불이 있어 마음 놓고 편안하게 잘 수 있었다.

날이 밝았다. 식사 당번이 준비한 따끈한 찌개는 흐린 날씨에 추운 밤을 보낸 주객들에게 더없이 좋은 아침 식단이었다. 당번이 아닌 친구들은 약수터에 올라가서 맑은 물을 떠왔다. 오염되지 않은 약수로 지은 아침밥은 꿀맛이었다. 산을 좋아하는 사람들은 약수터 뒤편의 선녀탕까지 올라갔다. 내려오는 길에 한 친구가 빗속을 헤치고 길 위로 뛰쳐나온 칠성장어 한 마리를 잡았다. 손가락만 한 칠성장어 한 마리에 구경꾼 40여 명이 달라붙었다. 이 작은 고기를 어느 그릇에 넣고 끓여야 할지 고민이었다. 칠성장어 한 마리로 이 많은 식구들이 맛을 볼 수 있을까 하며 죄 없는 고기를 들고 한참을 웃어댔다. 군침을 삼키며 바짝 다가서는 친구도 있었다. 그 사이 한 친구가 장어를 만져 보자며 빼앗더니, 흐르는 계곡물에 던져버렸다. 잔뜩 기대하며 모였던 사람들이 소리를 지르며 아쉬워했다.

오후가 되면서 빗줄기는 더욱 굵어졌다. 계곡의 물이 점점 불어나기 시작했다. 계곡 아래 텐트를 친 사람들은 서둘러 짐을 챙겨 내려가고 있었다. 다행히 우리는 계곡보다 높은 곳에 집을 지었기에 걱정할 필요가 없었다.

아침이 되자 빗줄기는 약해졌다. 불고기와 된장찌개는 항상 모자란다. 식사가 끝나도 산행은 하지 못하고 모두들 쉬고 있었다. 비를 맞으며 산을 올라가는 등산객들이 한둘 보였다. 우리들이 편히 쉬고 있는 모습을 보고 부러워하는 눈치였다. 크고 단단한 천막이 마련되어 있으니 비가 와도 바람이 불어도 안전해 보이기 때문이다. 비 때문에 단체 행사는 없었다. 빗속에 펼쳐진 자연과 함께 취한 느긋한 휴식이야말로 도심 속의 찌든 일상을 털어버리기에 더없이 좋은 시간이었다.

빗줄기가 굵어지자 산행을 취소하고 내려가는 사람들이 잠시 들어와 차 한잔을 마시고 가기도 했고, 짊어지고 온 배낭에서 간식을 꺼내어 같이 먹으면서 쉬어 가는 사람도 있었다. 산길에서 비를 피해 커피나 소주 한잔하며 쉬어 갈 수 있는 휴식처가 있으니 이 또한 행복 아니겠는가.

종일 빗속에 갇혀 지낼 수밖에 없었다. 밖을 내다보니 즐비하던 텐트와 사람들은 모두 떠나고 적막했다. 저녁밥을 일찍 지어 먹고 각자 집으로 가고 당번 두 사람만이 큰 집에 쓸쓸히 앉아 불침번을 서고 있었다. 개인텐트는 지퍼를 올리면 바람 한 점 들어오지 않는 안방처럼 아늑했다. 하지만 대형 천막은 햇빛과 비를 막아주는 정도의 지붕과 짧은 처마로 만들어져 있기 때문에 비바람이 쳐서 몹시 추웠다. 밤이기도 하지만 특히 비바람 때문에 눅눅해 버너에 불을 피워 놓고 밤을 새웠다.

밤새 오던 비도 그치고 세차게 불던 바람도 조용해졌다. 일찍이 동네에 내려갔다. 특산품 가게에 문이 열려 있었다. 관광객들에게 팔려고 준비한 감자떡, 감자가루, 파, 시금치 등을 사왔다. 이른 아침 야외서 만든 튀김과 부침은 꿀맛이었다. 부침개를 안주하여 술잔을 기울인다. 산 좋고 물 맑은 곳에서 좋은 사람들과 마시는 한 잔 술에, 조금 취한들 어떠랴.

백두산 답사기

경북 산악 연맹에서 백두산으로 등산을 가는데 우리 부부도 따라가기로 했다. 등산에 관해서 무지한 아내와 나는 며칠 전부터 필요한 준비물을 하나하나 챙겼다.

종합운동장 앞 광장에서 버스를 타고 김해 공항으로 갔다. 출국 수속을 마치고 면세점에 들어갔다. 기념품과 카메라를 구입하여 중국행 비행기에 올랐다. 멀리 검푸른 바다를 내려다보니 고기잡이에 여념이 없는 어부들, 어디론가 힘차게 달리는 무역선, 비행기가 구름 속을 치고 나갈 때는 부딪치는 느낌에 스릴 만점이었다. 우리의 영토를 지나 중국이라고 안내 방송이 나왔다.

네 시간의 비행도 지루하지 않게 흐르고 어둠이 밀려오는 심양 국제공항에 도착하였다. 짐을 챙겨 나와 어둠 속을 깃발 든 사람의 뒤통수만 보고 따라갔다. 기다리고 있던 버스를 타고 기차역에 도착했다. 6월인데도 밤이라서 그런지 무척 추웠다. 방한복을 꺼내 입고 배낭을 등받이 삼아 대합실에 옹기종기 모여 앉아 백두산으로 가는 기차가 오기를 기다렸다. 기차는 우리를 싣고 어디론가 달려갔다. 두 시간을 달려 어딘지도 모르는 곳에 도착하니 자정이 넘었다.

다시 밖이 보이지 않는 버스를 갈아타고 굽이굽이 산을 돌면서 밤길을 달려갔다. 먼동이 트는 아침 백두산 중턱에 내렸다. 풀밭 사이로 띄엄띄엄 작은 나무들이 보일 뿐이었다. 먼 길을 달려온 사람들은 소변이 급했으나 화장실이 없었다. 남자들은 풀숲에서 쉽게 해결할 수 있었지만, 여자들은 옷을 벗어 가려주고 인의 장막을 만들어 겨우 해결할 수밖에 없었다. 이른 아침 포항을 떠나 이곳까지 버스, 비행기, 열차 등으로 밤새 왔으니 온몸은 먼지와 땀이 범벅이 되어 모두들 꼴이 말이 아니었다. 솟아오른 해를 바라보며 산비탈 풀밭에서 지친 몸을 달래며 잠시 쉬었다. 중국 산악 연맹에서 보내준 도시락이 도착했다. 아침 식사를 겸해서 허기를 해결할 수 있었다.

안내원을 따라 백두산 정상을 향해 올라갔지만 아침부터 날씨는 엄청 더워지기 시작했다. 땀으로 목욕을 하면서 발걸음을 옮겼다. 조금 올라가니 주차장이었다. 여기는 휴게실과 화장실도 있었다. 그곳에서 두 팀으로 나누었다. 산을 좋아하는 사람들은 등산로를 따라 걸어갔다. 산악회원이 아닌 우리 부부와 어른 여섯 명은 미니버스를 타고 정상 턱밑에서 내렸다. 그런데 공항에서 구입한 카메라를 깜박 차에 놓고 내렸다. 얼른 올라가 운전기사에게 카메라를 꺼내달라고 했더니 어떻게 된 일인지 운전사는 없다면서 돌려주지 않았다. 오는 동안에 온갖 폼을 다 잡고 찍은 기념사진을 잃어 버렸다. 기가 찰 일이었다. 어쩔 수 없었다. 깨끗이 잊고 정상을 향해 올라갔다. 나무는 한 그루도 없고 잔풀과 야생화가 장관을 이루었다. 우리의 목초단지를 연상케 하였다.

드디어 정상이다. 천지의 물이 시퍼렇게 내려다 보였다. 가슴이 터질 것만 같았다. 잡지책과 텔레비전으로만 보던 천지가 내 앞에 나타났다. 잃어버린 카메라가 생각났다. 너무나 속상했다. 하는 수 없이 사진사를 불렀다. 이곳저곳 좋은 곳을 선택하여 필름 한 통을 다 찍었다. 날씨가 좋아 천지 전체가 아주 선명하게 잘 보이고 물결도 잔잔했다. 북한 땅과 접해 있는 곳이라서 경비원이 지키고 있었다. 경계선에는 볼펜 굵기만 한 철사 줄이 상하로 길게 펴져 있었다. 철사 줄만 넘으면 북한 땅이란다. 아내와 함께 북한 땅을 밟고 싶어서 경계선을 살짝 넘었다. 경비병이 빨리 나가라고 고함을 치기도 했다. 정상에는 돌과 흙먼지가 쌓였으며 띄엄띄엄 풀도 있었다.

호기심이 발동했다. 건너편의 천지와 산을 더 구경하고 싶었다. 안내원에게 물어 봤더니 된다 안 된다 대답은 없고 고추 먹은 소리를 한다. 옳거니, 즉석에서 일만 원씩 거두었다. 거둔 돈을 안내원 손에 덥석 쥐어 주었다. 가이드는 웃으면서 먼저 뛰어 내려갔다. 버스기사와 상의 하더니 우리를 태우고 건너편으로 갔다. 30분 정도 올라가니 정상이었다. 반대 방향은 아니었다. 처음 봤던 곳에서 대각선이었다. 아름다움이 자연 그대로 대대손손 남아 있기를 바라는 마음 간절했다. 이대로 그대로 살아남아라. 우리들의 이 작은 입에서 나오는 감탄사를 기억하며 오래오래 있어라. 남들은 날씨 관계로 한 번도 구경하지 못하고 헛걸음치기 일쑤인 백두산을 우리는 한 번 와서 두 곳을 구경하는 행운에 감사했다. 더 오래 천지의 기운을 받고 싶지만 어쩌랴, 내려가야 하는 현실을 받아들이며 버스를 타고 내려왔다. 우리는 벅찬 가슴을 안은 채 발길을 돌렸다.

등반대는 걸어 다니면서 구경을 했지만 우리는 차로 다녔기 때문에 더 많은 곳을 구경할 수 있었다. 두 곳의 천지를 구경하고도 대원들보다 먼저 호텔에 도착했다. 호텔 주위를 둘러보고 방을 배정 받아 흘린 땀을 오랜만에 기분 좋게 씻어냈다. 천지의 물보다는 못하겠지만 천지를 구경하고 호텔의 물로 씻는 이 기분은 천지에 풍덩 빠졌다 나온 것처럼 말끔하고 상쾌했다. 휴게실에 앉아 백두산과 천지를 구경한 이야기로 모두들 들떠 있었다. 더러는 잠을 청하는 사람도 있었다.

비행기와 기차, 버스를 타고 이동하며 하룻밤을 꼬박 세운 탓에 일찍 잠자리에 들었다. 그러나 체력 좋은 몇몇 사람들은 휴게실에서 재미난 이야기에 푹 빠져 있기도 했다. 침실에 들어오니 한국에서 본 연속극이 TV에 나오고 있었다. 한국 사람들이 많이 오기 때문에 한국 프로그램을 방영한다는 것이다.

버스를 타고 연변으로 달려갔다. 창 너머로 농촌 풍경을 구경할 수가 있었다. 온갖 곡식들과 밭갈이 하는 모습 등이 우리의 농촌과 흡사하여 참으로 정겨웠다. 중국 사람이 운영하는 식당에 도착했다. 주인은 한국말을 못 하지만 식당이나 매점의 안내원들은 우리말을 아주 잘 한다. 질문을 하거나 물건을 살 때에도 아무런 불편함이 없었다.

북한과 중국을 건너다니는 원정 다리를 구경하러 갔다. 북한 말만 들어도 가슴이 설렜다. 이 다리를 통해 중국과 북한의 물물 교역이 이루어진다고 했다. 다리에 들어가 보려면 돈을 내야 한다고 했다. 호기심 많은 나는 빨리 들어가 보고 싶어 돈을 내고 다리에 올라갔다. 다리 중간에서 중국을 배경으로 사진을 찍고, 다시 북한을 배경으로 사진을 찍었다. 경비원의 눈치를 살펴 북한 영토 쪽으로 살짝 들어갔다. 국경선을 넘어가는 것은 한 치도 허락지 않은 경비원의 시선을 피해 나의 조국 북쪽 땅을 밟고 싶은 마음은 어쩔 수 없었다. 내 조국의 땅을 한 발 내딛을 때의 스릴과 나오라는 고함소리에 북받쳐 오르는 그 감정은 주체할 수 없었다.

다리 입구에는 북한에서 건너온 막걸리라며 팔고 있었다. 북한이라는 말에 생각할 겨를도 없이 북한 땅을 바라보며 한 사발 들이켰다. 한 잔의 막걸리로 포만감을 느끼며 부러울 것 하나 없는 멋진 사나이가 되어 보기도 했다. 버스를 타고 연변 산악 연맹이 주최하는 호텔 연회장으로 갔다. 맛있는 음식과 좋은 술을 준비한 만찬이었다. 세 시간의 만찬이 끝나자 중국산 최고의 선물 마오타이 술도 한 병씩 받았다. 고맙고 감사한 마음으로 호텔로 왔다. 모두들 피곤한지 이야기할 틈 없이 바로 잠자리에 들었다.

구름 한 점 없는 화창한 날씨, 짐을 꾸려 차에 실었다. 고궁을 돌아 중국음식으로 맛있게 점심을 먹었다. 한 곳을 보려고 이동하는 데 몇 시간씩 달려야 하는 넓은 땅을 보며 작은 국토를 두 동강 내어 남과 북으로 갈라진 우리의 현실이 서글펐다. 좋은 곳을 더 보고 싶었지만 어쩌랴. 천지를 두 번이나 구경할 수 있었던 행운에 감사하며 아쉬움을 뒤로한 채 중국을 떠났다.

삼복에 모닥불을 피우고

　태양의 열기가 무쇠도 녹일 듯한 삼복이다. 서울에 사는 친구 부부와 우리 내외는 합천 해인사에서 만나기로 했다. 먼저 도착한 우리는 솔향기 가득한 그늘에 돗자리를 펴고 친구를 기다렸다.

　한적한 숲 속이라 조용할 줄 알았는데 그렇지 않았다. 귀가 따가울 정도로 매미 울음소리가 요란했다. 부모가 돌아가신 것도 아니요, 남편이 죽은 것도 아닐 텐데 주변에 있는 모든 매미가 세상이 떠나갈 듯이 울고 있었다. 그런데, 귀를 기울이고 가만히 들어보니 모든 매미들이 동시에 울고 있는 것이 아니었다. 매미는 각각 팀을 이루어 저마다의 음률로 장단을 맞추며 교대로 울고 있는 것 같았다. 울던 매미들이 갑자기 잠시 울음을 멈췄다가 다시 소리 높여 울기도 했다. 매미 울음소리는 소음이 아니었다. 숲 전체가 장엄한 연주회를 펼치고 있는 듯했다. 같은 소리라도 듣기에 따라 이렇게 다르다. 때로는 요란한 소음으로 들리기도 하고, 아름다운 협주곡으로 들릴 때도 있다.

한참 동안 그렇게 매미들의 열띤 음악회를 감상하고 있는데 서울 친구가 도착했다. 금강산도 식후경이라 식당부터 찾아 들어갔다. 산사에 와서는 역시 산채 비빔밥이 제격이었다. 산나물의 독특한 향이 입맛을 돋우었다.

오래된 역사와 웅장한 풍채를 자랑하는 해인사, 천년 고찰의 웅건함에 절로 고개가 숙여진다. 선조들의 혼을 부어 만든 장경각의 팔만대장경을 돌아보며 우리의 문화재를 잘 보존하는 것이 얼마나 소중한 것인지를 새삼 깨닫는다. 해인사 구석구석의 돌 하나도 경건한 마음으로 바라보지 않을 수 없었다.

밤에는 지리산 뱀사골로 가서 야영을 하기로 하였다. 계곡에는 더위를 피하여 모여든 사람들이 곳곳에 자리를 펴고 앉아 먹고 마시며 즐기고 있었다. 아늑하고 평평한 곳을 찾았지만 빈자리가 없었다. 부모님을 따라온 개구쟁이들은 즐거운 물놀이에 정신이 팔려 있었다. 우리도 그늘이 드리워진 개울가에 자리를 잡고 준비해 간 텐트를 나란히 설치했다. 시원한 냉수로 목마름을 해결하고 기울어진 해를 바라보며 서둘러 저녁 식사 준비를 했다. 비록 코펠 밥이지만 야외에서 먹는 밥맛은 함께 끓인 된장찌개와 준비해 간 반찬과 어우러져 최고의 만찬이 되어 주었다.

　오랜만에 만난 친구와 나는 전등불 아래서 지나간 옛이야기를 안주 삼아 술잔을 기울였다. 처음엔 어색하던 아내와 친구 부인도 이야기꽃을 도란도란 피웠다. 잠시 후, 우리는 잠자리에 들었다. 깊은 계곡이라 그런지 기온이 갑자기 내려갔다. 낮에는 더워서 물속에만 있고 싶었는데, 밤이 되니 추웠다. 친구 부부는 준비해 온 긴 체육복을 입었다. 우리는 긴 옷을 준비하지 못했다. 어쩔 수 없이 가지고 온 옷을 모두 껴입고 수건으로 두 다리를 감았다. 두 몸이 한 몸이 되도록 껴안아도 춥기는 마찬가지였다. 너무 추워 견딜 수가 없었다. 하는 수 없이 친구와 나는 캄캄한 밤중에 전등을 들고 다니면서 나뭇가지를 모았다. 불을 지펴 추위를 녹이면서 날이 밝기를 기다렸다. 짧은 여름밤이 동지섣달 겨울밤보다 더 길게만 느껴졌다.

　한숨도 못 자고 모닥불을 피워 몸을 녹이고 있으니 여기저기 텐트 속에서 몸을 녹이려고 하나둘 이곳으로 모여 들었다. 나무를 준비해 들고 오는 사람도 있었다. 삼복더위에 많은 사람들이 추위를 못 견디고 불 앞에 모였다. 모닥불을 피워놓고 새벽을 보내는 깊은 산속의 운치도 괜찮은 것 같았다. 야영을 자주 해 본 사람들은 긴 옷과 이불을 챙겨왔지만 그런 경험이 없는 사람들은 따뜻한 옷이나 침구를 준비하지 못했다. 날이 밝자 따뜻한 불이 좋아 모였던 사람들이 하나둘 제자리로 돌아갔다. 뱀사골은 삼복에도 한기를 뿜어 준비 없이 온 사람들에게 따끔한 맛을 보여주었다.

아침에 일어나니 지난밤에는 전혀 생각 못한 사실이 떠올랐다. 자동차 시동을 걸어 히터를 켜고 있으면 따뜻한 여름밤을 보낼 수 있었을 텐데, 그 생각을 못 했었다. 그렇게 쉬운 생각도 못 하다니, 나는 무지한 초보 여행자임에 틀림없었다.

태양이 올라오니 이내 추위는 사라졌다. 모두들 아침 식사 준비로 분주히 움직였다. 많은 사람들이 세수하고 빨래하면서 사용한 세제 때문에 맑고 깨끗한 계곡이 거품투성이가 되었다. 너그러운 자연은 인간의 그런 이기심조차도 다 받아들였다. 계곡물은 그것들을 삼키고 또 삼켜 다시 깨끗하고 맑은 물로 정화시켜 인간들을 즐겁게 해 주었다.

주위 사람들은 모두 등산을 준비하느라 부산하다. 친구도 산행을 하자고 했지만, 나는 지난밤 잠을 제대로 못 잔 탓에 몸이 나른하여 가지 않기로 하였다. 아침을 먹고 나니 잠도 밀려왔다. 비몽사몽 자다 깨다 하는데 주위가 조금씩 시끄러워지기 시작했다. 등산 갔던 사람들이 하나둘 내려온 모양이었다. 친구 부부와 점심 식사를 한 후 더위를 식히기 위하여 계곡에 발을 담그고 조용히 쉬었다.

전날 밤 추위로 심한 고생을 한 탓에 야영을 접기로 했다. 기울어지는 해를 바라보며 마을로 내려와 여관에 짐을 풀었다. 꿈

꼼히 준비하지 못한 죄로 고생만 실컷 했다. 인생도 그러하리라. 살아가는 데도 미리 예견하고 준비하지 못하면, 갑작스러운 난관에 부딪혀 고생을 하게 되는 것이다. 삼복에 모닥불을 피워야 하듯이, 언제든 돌발 상황이 나타날 수 있는 게 삶이 아니겠는가. 많은 생각을 하게 한 지리산의 여름밤이었다.

물거품이 된 울릉도 여행

아침 7시.

아내는 모임에서 산행을 간다며 등산용품을 챙겨 아침 일찍 떠났다. 나도 친구와 함께 2박 3일간의 울릉도 관광이 예정되어 있었다. 준비물을 챙겨 아들의 차에 싣고 항구동 선착장에 도착하였다.

휴가철이라 대합실에는 울릉도행 배를 타려는 많은 관광객들이 이미 긴 행렬을 이루고 있었다. 매표소에서 표 두 장을 구입했다. 한참 후 친구가 왔다. 친구와 나도 줄을 서서 기다렸다. 개찰이 시작되었다. 개찰구에는 국립검역소에서 나온 직원들이 관광객들에게 물티슈와 부채를 나누어 주면서 여름철 질병 예방에 관한 캠페인을 하고 있었다.

창밖으로 송도와 포항제철이 보였다. 배는 서서히 움직이면서 울릉도 방향으로 뱃머리를 돌리고 있었다. 환호동과 두호동이 한눈에 들어오더니, 잠시 후에는 멀리 칠포와 오도가 보였다. 안내 방송이 흘러나오면서 육지는 사라지고 넓은 바다는 하늘과 구별이 되지 않았다. 여객선은 물 위를 날아가듯 세 시간을 달렸다.

울릉도 관광 안내 방송이 나오더니, 잠시 후 우리가 탄 배는 선착장에 도착하였다. 잃어버린 물건이 없는지 잘 살피라는 안내 방송을 들으며 하선할 준비를 했다. 몇 분이라도 빨리 울릉도 땅을 밟고 싶은지, 관광객들은 배가 정박하기도 전에 출입문 방향으로 모여들었다.

물비린내가 물씬 풍겨왔다. 울릉도에 사는 친구가 마중을 나와 있었다. 준비된 식당으로 가는 길에는 식당과 여관이 즐비하였다. 거리도 깨끗하였다. 우리가 도착한 식당은 조그마한 가정집이었는데, 손님이 너무 많아서 자리가 부족하였다. 점심 메뉴는 울릉도의 별미인 홍합비빔밥이었다. 처음 먹어보는 음식에 호기심이 생긴 데다 배가 고프던 참이어서 얼른 밥상 앞으로 갔다. 그런데 그 밥맛이 참 기가 막혔다. 참기름에 비벼서 먹었는데, 말로는 표현할 수 없는 최고의 맛이었다.

식사가 끝나자 우리들은 밖에 서서 기다리는 사람들을 위해 곧바로 일어나 나왔다. 친구의 차를 타고 10여 분 가니 산 위에 새로 지은 펜션 단지가 있었다. 제일 높은 곳 뒤편 이층에 여장을 풀었다. 4시에는 울릉도를 일주하는 유람선을 타기로 예약이 되어 있었다. 그 시간까지 충분한 여유를 즐길 수 있다. 샤워를 하고 창가에 앉아 울릉도 앞바다를 감상하는 즐거움에 푹 빠져있었다.

그때 한 통의 전화가 걸려왔다. 아들 목소리였다. 손님이 왔다고 바꾸어 주었다. 받아보니 손님이 아니었다. 경찰청에서 부동산 투기 조사하러 왔다면서 모든 서류를 압수해 간다고 하였다. 멀리 있으니 이삼일 후에 다시 오라고 하였지만 안 된다고 전화를 끊었다. 웬 투기 조사란 말인가.

문득 복잡한 문제가 발생할 것 같은 느낌이 들었다. 가슴이 두근거리며 안정되지 않았다. 친구가 샤워를 끝내고 나왔다. 친구에게 상황을 이야기하였다. 친구는 깜짝 놀라면서 그럼 여행을 취소하고 집으로 돌아가자고 하였다. 친구도 오면서 동서가 부친상을 당했다는 연락을 받았는데, 모처럼 즐기려는 관광에 방해가 될까봐 말을 꺼내지 못했단다. 내 사정도 그렇거니와 친구의 사정을 듣고 보니 잠시라도 망설일 상황이 아니었다.

친구는 타고 나갈 표를 구하느라 여기저기 전화를 하였고, 나는 풀었던 짐을 허둥지둥 다시 꾸렸다. 가방을 챙겨 아래층으로 내려오니, 웨이터는 왜 그러냐며, 방이 마음에 들지 않으면 바꿔 주겠단다. 갑자기 급한 일이 생겨서 돌아가야 한다며, 뒤돌아볼 겨를도 없이 택시가 오는 길로 내려갔다. 친구는 표 때문에 계속하여 여기저기 전화를 하였다. 택시를 불러 타는데 친구에게 전화가 걸려왔다. 두 장의 예비표가 준비되었다는 소식이었다.

대합실 매점에 보관된 표를 찾아 떠나려던 배에 간신히 오를 수 있었다. 우리는 한숨을 몰아쉬면서 지하 바닥에 앉아 잠시 쉬려고 했지만, 나의 마음은 안정되지 못하고 불안했다. 배가 출발한다는 방송이 나왔다. 우리는 선상으로 올라갔다. 선상에는 의자와 식탁이 준비되어 있었다. 햇볕이 따갑기는 했지만 오히려 속이 후련했다. 바다를 가로지르는 배 뒤편으로 새하얀 물살이 빠르게 흘러나오더니, 물거품을 만들면서 멀어지고 있었다. 일상의 번뇌에서 벗어나 한 이틀만이라도 여유를 즐기려던 울릉도 여행도 물거품이 되어 자꾸만 멀어졌다.

부동산 투기 조사라는 두려움을 안고 포항으로 돌아오는 시간은 무척 지루했다. 매점에서 구입한 맥주로 답답함과 지루함을 달랬다. 멀리 호미곶이 보이더니, 어느덧 배는 서서히 항구로 들어간다. 우리는 미리 출입구 방향으로 나와 배가 정박하자마자 제일 먼저 하선하였다. 주차장에는 연락을 받은 큰아들이 와서 기다리고 있었다. 인생의 고난 앞에서 가족은 늘 든든한 우군이 되어주고 있었다.

뽕잎 쌈

조용히 쉬고 싶어 나만의 휴가를 갖기로 했다. 열기 뿜어내는 뜨거운 아스팔트길을 한참이나 달려 경주 보문단지에 도착했다. 거리에는 더위를 식히려고 밀려든 차량과 사람들로 북적거렸다. 길게 늘어선 차량의 뒤를 천천히 따라가면서 보문호를 한 바퀴 돌았다. 구석구석 그늘진 곳마다 사람들로 꽉 차 있었다. 겨우 한쪽에 차를 세우고 오가는 사람들과 차량들을 구경하면서 한참을 서성이다가 예약한 콘도로 갔다. 짐을 내려놓고 편안한 마음으로 뒹굴뒹굴 책도 읽고 텔레비전도 보다가 어느새 깜빡 잠이 들었다. 깨어나니 지치지도 않고 열기를 뿜어대던 태양이 사라지고 사방에 어둠이 깔리고 있었다. 준비해 온 음식으로 간단히 저녁을 먹고 밖으로 나갔다. 열대야를 견디지 못한 사람들이 곳곳에 앉아서 더위를 식히고 있었다. 화려한 유원지의 밤

풍경을 즐기며 좀 걸어 다녔더니 온몸이 땀으로 흠뻑 젖었다.

돌아와 샤워를 하여도 시원하지 않아 에어컨을 켰다 껐다 반복하며 잠을 자려고 하였지만 깊은 잠에 들지 못하고 비몽사몽, 뒹굴뒹굴, 토끼잠으로 날이 새고 말았다. 동이 틀 무렵, 산책이나 하는 것이 차라리 나을 것 같아서 일찌감치 호숫가 잔디밭으로 나갔다. 상쾌한 공기를 가슴속 깊이 들이마시자 간밤의 피로가 말끔히 사라졌다. 산책 나온 사람들과 어울려 이야기를 나누며 걸었다. 그 중 서울에서 왔다는 박 사장과는 세상 돌아가는 이야기를 하면서 금방 친해졌다. 한참 이야기를 나누다가 서로 일정 때문에 잘 쉬었다 가라면서 헤어졌다. 숙소로 오다가 시장기를 느껴 식당으로 갔다. 아침이라 그런지 식당에는 손님이 없었다. 주인이 파리채를 들고 불결한 손님을 내쫓고 있었다. 우거지 해장국 한 그릇을 주문하고 TV 뉴스를 보았다. 잠시 뒤 음식이 나왔다. 배고프던 차에 급히 먹으려는 순간 역겨운 냄새가 났다. 종업원을 불러 이야기를 했더니 여름이라 음식이 변질된 것 같다고 죄송하다며 조개 된장찌개를 다시 준비하겠다고 하였다. 그런데 새로 만들어 나온 된장찌개 역시 마찬가지였다. 화가 나서 아무 말도 하지 않고 그대로 상을 물리고 밖으로 나와 버렸다.

이른 아침이라 문을 연 식당도 없었다. 배는 점점 고파오고 하는 수 없이 지하 슈퍼에 가서 라면과 계란, 김치와 대파를 사서 콘도로 올라가 보글보글 끓여 먹었다. 꿀맛이었다. 진작 이렇게 할 걸 하는 생각이 들 정도로 아주 맛있었다. 빈 그릇을 밀쳐놓고 잠깐 쉬고 있는데 아침 운동으로 피곤했는지 나도 모르는 사이 그만 잠이 들었다. 어느 참엔가 깨어보니 해는 중천이었고 거리에는 벌써 많은 사람들이 오가고 있었다. 창밖을 보며 잠을 깨우던 내 눈에 가지런히 세워놓은 자전거가 보였다. 어릴 적 그토록 만져 보고 싶고 타보고 싶었던 자전거. 자전거를 배우면서 개울에 처박혀 무릎이 깨진 기억이며 무거운 짐을 지고 가는 할아버지와 부딪쳤던 그 옛날 그 시절이 생생하게 떠올랐다. 그 시절로 돌아가고픈 충동에 앞뒤를 생각할 겨를도 없이 단숨에 달려갔다. 참으로 오랜 만에 만져보는 자전거였다. 뜨거운 태양을 등에 업고 자전거를 타고 넓은 도로를 차량들 사이로 마음껏 달렸다. 무더운 날씨에 땀이 비 오듯 쏟아졌지만 기분은 정말 좋았다. 오르막길에서는 숨이 콱콱 막히기도 했지만 그래도 힘들다는 생각이 전혀 들지 않았다. 한 시간 정도 자전거를 탔더니 그제야 팔다리도 아프고 찜통 같은 더위 때문에 온몸이 녹초가 되었다. 자전거를 반납하고 시원한 물에 샤워를 한 후 에어컨 아래 큰대자로 누웠다. 몸은 지쳤지만 그렇게 행복할 수가 없었다. 나도 모르게 스르르 잠이 들었다. 시끄러워 깨어보니 해는 서쪽으로 기울어있고 창밖의 호수에는 물새들이 등에 노을을 가득 실은 채 한가롭게 날고 있었다.

슬슬 시장기를 느껴 밖으로 나갔다. 아침에 식당에서 당한 배신감 때문에 슈퍼에서 빵과 우유로 대충 요기를 했다. 콘도 주변을 거닐면서 다 자란 벼를 만져보기도 하고, 메뚜기를 잡아 싸움을 붙여보기도 하고, 경쟁이라도 하는 듯 날아다니는 잠자리를 보며 한가롭게 걸었다. 언덕에 서 있는 뽕나무 한 그루가 눈에 띄었다. 누가 볼세라 건강한 진녹색의 뽕잎을 따 호주머니 여기저기가 불룩하도록 담았다. 이만하면 되겠다 싶어 돌아서는데 뱀 한 마리가 나를 보고는 깜짝 놀라 도망을 갔다. 나도 깜짝 놀라 뒷걸음질 치다가 그만 미끄러져 한쪽 발이 논에 빠지고 말았다. 그사이 뱀은 어디론가 사라졌다. 나도 도망치듯이 돌아왔다. 주머니의 뽕잎을 꺼내 깨끗이 씻어 놓고 그 사이 흘린 땀을 씻기 위해 샤워를 하면서 도망가던 뱀을 생각하니 갑자기 몸이 움츠러든다.

뽕잎에 밥을 싸고 쌈장을 푹 떠 얹어 입에 넣으니 구수한 밥맛과 뽕잎의 향이 어우러져 둘이 먹다 셋이 다 죽어도 모르겠단 말이 절로 생각났다. 편안한 마음으로 책도 읽으며 글을 쓰려고 했는데 피곤해 그런지 책을 펴고 두 장도 읽지 못하고 잠이 들었다. 자전거와 뽕잎 쌈이 주는 여유였을까? 나는 꿈속에서 자전거로 신작로를 끝없이 달리고 있었다. 내 몸에서는 향긋한 뽕잎 냄새가 나는 듯했다. 참 달고 맛있는 나만의 여름 휴가였다.

5
즐거운 집짓기

몽골 아이들

　몽골에서 선천성 심장병을 앓고 있는 어린이들이 수술을 받기 위해 입국한다. 나는 그들이 올 날을 기다리며 그 어린이들만큼이나 가슴이 들떠 있었다. 국제 로타리클럽 3630지구에서는 몽골에 사는 선천성 심장병 어린이 수술지원 사업으로, 24명을 수술하기로 했는데 이번에 6명이 먼저 오게 된다. 그 중 두 명은 내가 회장으로 있는 우리 서포항 로타리클럽에서 그 비용을 부담하기로 하고 결연한 울지어르시흐(10세)와 벌드바타르(3세)다.

　내일 새벽 6시 고속도로 입구 매표소 앞에서 일행과 만나 그들을 맞이하러 인천공항에 가기로 약속이 되어 있다. 그러려면 오늘은 일찍 잠자리에 들어야 하는데, 쉽게 잠을 이룰 수가 없다. 내가 마중할 두 어린이는 어떻게 생겼을까? 생각이 생각의 꼬리를 물고 늘어진다.

잠을 자는 둥 마는 둥 하다가 새벽 5시에 일어났다. 세수하랴 옷 챙겨 입으랴 부산을 떨었다. 모두 나와 마찬가지로 잠을 설쳤는지 부스스한 얼굴이었다. 일행을 태운 버스는 환하게 뚫린 고속도로를 달리기 시작했다. 한참을 달려서 선산 휴게소에 이르러 아침 식사를 했다.

　이른 시간 탓일까. 여주 휴게소까지는 차량들이 한산한 편이었다. 여주 휴게소에서 잠시 휴식을 하고 수도권으로 진입하니 차량들이 많아지기 시작했다. 가끔씩 거북이걸음으로 가기도 하고 중간 중간에 멈춰서기를 반복하면서 12시 30분 인천공항에 무사히 도착하였다. 어린이들이 들어오는 14번 게이트로 갔다. 몽골 가족들이 나오면 점심을 같이 먹을 참이었다. 비행기가 12시 30분에 도착했다고 하였지만 그들은 나오지 않았다. 2시가 되어도 나오지 않았다. 하는 수 없이 우리는 공항 구내식당으로 갔다. 그곳에서 비빔밥으로 점심 식사를 하고 다시 입국장으로 왔다. 시간은 벌써 3시였다. 도착했다는 사람들이 이제껏 나오지 않았다. 공항 출입국에 문의하였지만 대답은 수속이 되지 않아 늦는다고 했다. 세시 반이 지나서야 아이들이 보호자와 함께 밖으로 나왔다.

　왜 이렇게 입국시간이 많이 걸렸느냐고 물었더니, 환자들이라 제일 마지막에 수속을 하였다면서 몹시 지친 표정들이었다. 우리는 아이들을 반갑게 맞이하였다. 병원과의 약속 시간에 쫓겨 식사고 무엇이고 생각할 겨를도 없이 빨리 이동을 해야 했다. 바쁘게 버스에 태워 놓고 보니 모두 입술이 파랗게 변해 있었다. 어머니들이 아이들을 꼭 껴안고 있었으나 어린이들의 울음소리가 여기저기서 들려왔다. 6명이 와야 하는데 5명이 왔다. 1명은 병세가 중해서 비행기를 타지 못했다고 하면서 좀 더 안정이 되면 온다고 한다. 의사 1명과 어린이 5명, 어머니 5명, 총 11명이 대한민국에 온 것이다. 길병원에 도착하니 병원 관계자들이 나와서 우리를 환영해 주었다. 비로소 병동에서 점심 겸 저녁 식사를 할 수 있었다. 병원 관계자의 안내로 원장님 방에서 서로 의견을 나누었다. 수술을 특별히 잘 해달라는 부탁도 드렸다. 병실에 들러서 준비해 간 선물을 아이들과 가족들에게 나누어 주고 나왔다. 이들과 함께 오지 못한 1명을 생각하면서 모두가 섭섭한 마음으로 엘리베이터를 기다렸다. 병원을 나와 버스에 올랐다. 병원 관계자들이 손을 흔들어 잘 가라며 배웅을 해 주었다. 인천 시내의 밤거리에는 네온사인이 번쩍이며 어둠을 밝혀 주고 있었다.

잠을 설치고 새벽에 버스를 타고 인천에 도착하여 아이들을 기다리고 병원으로 데리고 가는 등 하루 종일 지쳤건만 조금도 피곤하지 않았다. 즐거운 마음으로 담소를 나누는 동안 어느덧 여주 휴게소에 도착하였다. 늦은 저녁 식사를 하는데, 한국행 비행기를 타지 못한 한 아이가 사망했다는 연락을 받았다. 지난해에 그 아이부터 수술했더라면 살렸을 텐데……. 안타까운 마음에 모두 식사를 계속하지 못했다. 포항으로 돌아오는 내내 침울한 기분을 떨쳐버릴 수 없었다. 집에 도착하여 누워도 잠이 오지 않았고, 아이들의 수술 생각에 또 몸을 뒤척여야 했다.

아이들이 수술하는 날, 간호사로부터 수술이 잘되었다는 소식을 접하고 나니, 마음이 날아갈 것 같고 짐을 내려놓은 것 같았다. 퇴원할 때는 꼭 올라가겠노라는 말도 잊지 않았다. 대한민국 우리 서포항 로타리클럽의 도움으로 평생을 건강하게 즐겁게 살 수 있다면 자국으로 돌아가서도 늘 대한민국을 잊지 않을 거라는 생각을 하였다.

나는 아이들이 떠나기 전에 만나기 위하여 아내와 함께 길병원으로 향했다. 시내를 벗어나 고속도로를 진입하여 가는데 들판에는 연두색 새싹이 파릇파릇 돋아나고 있었다. 가로수들은 봄바람에 물오른 가지를 살랑살랑 흔들면서 우리들을 잘 다녀오라고 배웅하는 것 같았다. 먼 산에는 연두빛 나뭇가지들이 유난히도 곱게 보였다. 심장 수술을 마치고 생기를 되찾았을 아이들처럼.

저녁때쯤 어린이들이 입원해 있는 병원에 도착했다. 심장병동으로 들어갔다. 병원 관계자와 의료진이 기다리고 있었다. 그동안 수고 많이 했다며 서로가 인사를 주고받았다. 수고한 의료진이 그동안의 경과를 자세하게 설명하면서 이렇게 큰일을 한다며 고맙다고 인사를 한다. 회원들과 함께 했지 내가 한 것이 아닌데 미안해서 얼굴을 들 수가 없었다. 살그머니 병실에 들어서니 저녁 식사를 하고 있었다. 어린이와 어머니들 모두가 먹던 밥상을 물리면서 나를 보더니 손을 흔들며 좋아라고 하였다. 반가운 마음에 울지를 덥석 안아 아내에게 우리 아들이라고 하면서 넘겨주었다. 벌드를 안으니, 낯선 이방인의 품속에서 울음을 터뜨렸다. 우는 아이를 다시 어머니에게 넘겨주었다. 마주보면서도 말은 통하지 않았지만 마음으로 통하고 눈으로 말을 주고받으며 그동안의 수술 경과와 감사의 마음과 고마움을 서로 나누었다. 건강하게 잘 키워 다음에 한국에 오라고 하였다. 울지는 장난감을 들고 재롱을 피우면서 나의 무릎에 안겨서 놀기도 하였다. 아내는 다시 벌드를 안아 보았다. 아이는 어머니를 떠나기 싫어서 칭얼대었다. 수술 과정을 견디며 겁을 먹은 모양이었다. 준비한 선물과 격려금을 주면서 잘 가라는 인사를 하였다. 아내도 그들과 두 손을 꼭 잡고 한참을 놓지 않았다. 고마움과 감격의 눈물을 흘리면서 두 손을 흔들며 엘리베이터 입구에서 헤어졌다.

입국할 때는 입술이 파랗고 힘이 없던 아이들이었다. 엄마들은 넋 나간 사람처럼 아무런 의욕도 없는 것처럼 멍하니 있었는데, 오늘은 힘이 펄펄 나는 사람으로 변해 있었다. 아이들도 환한 웃음을 지으면서 눈망울 초롱초롱하게 이리저리 뛰어다니는 모습을 볼 때, 내 마음은 너무나 뿌듯했다. 나와 아내는 힘들었던 일들을 상기하면서 이번에 정말 좋은 일을 했다고, 참으로 보람 있는 일을 했다고 서로를 칭찬했다.

어느 탈북자 가족

　새터민을 새로 배정받았다. 임성호라는 청년이었다. 청호나이스 정수기 회사에서 일용직으로 근무하고 있었다. 어떤 일을 하는지 궁금해 성호가 다니는 회사에 같이 가보기로 했다. 정수기 필터를 교체하러 다니고 있었다. 하는 일이 너무나 단순해 한 번 보면 아무나 할 수 있는 일이었다. 20대 젊은 청년의 장래를 생각하니, 이것은 아니라는 생각이 들었다. 물론 돈도 벌어야 하겠지만 내 생각에는 공부를 먼저 시켜야 된다고 생각했다. 이곳저곳 수소문하니 장학생으로 공부할 수 있는 길이 있었다. 국가에 탈북자 장학금을 신청하고 학교의 근로 장학생으로 포항대학 야간반에 입학시켰다. 낮에는 정수기 필터 교체 작업을 하면서 저녁에는 공부를 하도록 뒷바라지를 하였다. 공부도 해야 하지만 성호의 머릿속에는 중국에 두고 온 어머니와 누나를 데리고 오는 것이 먼저였다. 가족이 함께 중국으로 탈북 하여 숨어 지내다가 성호가 먼저 대한민국으로 오는 기회를 잡은 것이었다.

휴일이면 성호와 함께 맛있는 것도 먹고 야외 나들이도 다니면서 정이 들었다. 명절날엔 집으로 불러 우리 아이들과 함께 지냈다. 성호로 인하여 우리 집은 오히려 즐거웠다. 지난번 ㅇㅇ은 부정적인 사고를 지녔는데 성호는 긍정적인 생각을 가졌지라 생활 태도가 완전히 달랐다. 동료 봉사원들이 반찬도 만들어 냉장고에 넣어두기도 하고 가끔씩 청소도 해 놓고 갔다. 우리 집사람은 아들 같다며 성호가 다녀 갈 때는 이것저것 맛있는 음식을 한 보따리 싸주기도 했다.

열심히 일하여 조금씩 모은 돈으로 어머니를 대한민국으로 완전하게 모시고 왔다. 어머니는 정착교육이 끝나고 아들이 살고 있는 포항으로 왔다. 성호의 1차 소원이 풀렸다. 브로커의 힘을 빌렸지만, 어머니를 모시고 온 것은 대단한 일이었다. 어머니는 하나원에서 배운 기술로 세탁소에서 일을 하게 되었다. 옷 수선과 바느질과 다림질을 하면서 열심히 생활했다. 딸을 데려 오려면 돈을 벌어야 했기 때문에 더욱 열심히 일했다. 이제 성호에겐 누나를 데려오는 소원만 남았다.

성호가 대학을 졸업할 때가 되었다. 취직이 문제였다. 공단의 각 기업체에 수소문해 보았지만 탈북자를 채용하려는 회사는 한 곳도 없었다. 대부분의 탈북자들은 회사에 적응을 하지 못하고 질서만 무너뜨린다며 거절하였다. 어영부영 시간만 때우면 된다는 북한식의 의식이 머릿속에 배어있어 책임자들의 말을 잘 듣지 않는다고 했다. 단 한 번이라도 탈북자들을 경험해본 기업에서는 손사래부터 친다.

로터리 클럽에서 같이 봉사하는 박귀락 사장님에게 성호의 취업을 부탁했다. 기계설계회사를 운영하고 있는 박 사장은 회사에 일할 자리를 만들어 주었다. 이질감이 강한 성호가 열심히 일을 배울 수 있도록 담당 직원까지 한 사람 배정해 주었다. 참으로 고마운 분이다. 성호 어머니도 성호도 잘 적응하고 있었다. 보호자인 내가 더 기쁘고 즐거웠다. 보람 있는 일을 했다는 기분에 가슴이 뿌듯했다.

성호는 어머니와 함께 수고하여 모은 돈으로 누나를 데리고 오려고 서울로 중국으로 동분서주하고 다녔다. 성호의 소원이 풀렸다. 누나를 대한민국으로 데리고 왔다. 한 가족이 다 모이게 되었으니 얼마나 즐거운가. 모든 가족이 흥이 절로 났다. 우리 모두가 얼싸 안고 즐거워했다.

지인에게 부탁하여 양덕동에 놀고 있는 토지 천여 평을 빌렸다. 적십자의 도움을 받아 탈북자 협동농장을 만들었다. 탈북자들에게 조금씩 나누어 농사를 짓게 하였다. 주말이나 쉬는 날에는 탈북자들이 이곳에 다 모인다. 소풍 온 것처럼 맛있는 음식을 준비해서 나누어 먹으면서 즐거운 시간을 보낸다. 양덕동 새터민 농장에는 주말마다 잔칫날이 되었다.

성호의 누나도 식당에 취직하였다. 횟집의 주방에서 음식 만드는 기술을 열심히 배웠다. 어머니도 세탁소를 그만두고 식당으로 갔다. 딸과 어머니가 같은 식당에서 열심히 기술을 배웠다. 삼모자가 벌어 저축도 많이 하였다. 누나는 하나원에서 교육 받으면서 알고 지내던 사람과 결혼도 하게 되었다. 남편은 탈북자로서 아주 성실하고 지식도 있어 강원도 도청에 취업이 되었다. 얼마나 좋은 일인가. 모든 가족이 열심히 노력하여 탈북자로서는 승승장구하는 가족사였다.

온 가족이 그동안 모은 돈과 어머니와 누나가 식당에서 배운 경험을 토대로 횟집을 차렸다. 대도동의 어느 횟집을 월세로 빌려서 들어갔다. 온 가족이 혼연일체가 되어 정성을 다하니, 장사도 아주 잘되었다. 낮에는 자리가 부족하여 손님을 다 받지 못할 때도 있다. 온 가족이 정말 열심히 사는 것을 보니 나도 감탄사가 절로 나왔다. 내가 성호 가족의 대부가 되었다는 게 마음이 뿌듯했다. 정말 보람 있는 일을 했구나 하는 생각도 들었다.

탈북자들은 돈이 모여도 은행에 맡기지 못한다. 정부에서 빼앗아 간다는 생각을 하기 때문이다. 우리 봉사자들도 국가에서 월급을 받고 하는 것으로 알고 있다. 시간과 돈을 투자하여 도와줘도 모두가 정부에서 하는 줄로 착각하고 있다. 우리들이 순수한 자원봉사자라 해도 잘 믿지 않는다. 그러니, 대부가 되어 봉사를 해도 고마운 줄을 모른다. 탈북자들을 제대로 이해하지 못하면, 자신의 맘을 알아주지 않는 데에 짜증이 나기도 한다. 봉사한 것은 되돌려 받기를 바라지 말고 순수하게 베풀어 참 봉사자로서의 소임을 다해야 할 뿐이다.

사선을 넘었는데

교육이 끝난 탈북자를 데리러 가자는 전화가 왔다. 하만순 회장님과 나는 설레는 마음으로 탈북자 자활교육원인 하나원으로 출발했다. 여성 한 분이 자활의 터전에 적응하지 못하고 다른 곳으로 갔으나, 청년은 대학을 졸업하고 어머니와 누나까지 대한민국의 품으로 데려오게 되었는데, 이번에도 남자 새터민이라는 말만 듣고 달려갔다. 교육을 마치고 포항을 정착지로 선택하여 보호자인 내가 오기를 기다리고 있었다. 이름이 강호였다. 우리의 꽃다발 환영을 받으며 상견례를 마치고 포항으로 출발했다. 포항으로 내려가는 동안 강호의 마음은 불안해 보였다. 포항에 도착하자 동료 봉사원들이 기다리는 소형 임대 아파트에 짐을 풀었다.

첫날밤, 동료 봉사원들과 상견례을 마치고 저녁 식사를 하면서 포항에서 생활하는 데 필요한 여러 가지 지침을 설명했다. 정착금이 지원되었지만 그 돈은 이미 탈북 경비로 지불한 터였다. 목숨 걸고 자유를 찾아 대한민국에 왔지만 삶의 전쟁은 이제부터였다. 북한에서 배급으로 생활하던 사람들이 또 한 번 부딪쳐야 하는 삶이 얼마나 힘겨운가. 자유를 얻었지만 대한민국의 현실을 안고 살아가기란 너무나 험난했다.

성호도 그랬지만, 강호도 내가 국가에서 월급을 받고 자기를 관리하는 지도원인 줄로 착각하고 있다. 저희들끼리 하던 말도 내가 나타나면 멈춘다. 시간과 돈을 들여 도와도 모두가 고마운 줄을 모른다. 정부에서 나온 돈으로 내가 먼저 먹고 남은 돈이 있으면 자기들을 도와주는 줄로 알고 있기 때문이다. 탈북자들은 마음을 다 털어놓지 않는다. 항상 일정 부분을 감추기 때문에 상대하기가 무척 힘이 든다. 진정한 봉사자가 아니면 오히려 마음의 상처를 받기 일쑤다.

강호는 조선민주주의 인민공화국의 아들로 태어났다. 불타는 청춘을 조국을 위하여 펼치기보다는 자유를 갈망하며 꿈꾸던 청년이었다. 미래가 보이지 않는 조선민주주의 인민공화국을 떠나기로 마음을 먹었다. 자유를 위하여 험난한 현실을 선택하였다. 북한에서 중국으로 목숨을 건 탈출에 성공하였다. 그러나 자유를 얻는 길은 더욱 험난했다. 중국 공안원들에게 붙잡혔다. 끌려가다말고 간신히 탈출에 성공했다. 공안원들의 추적을 피하기 위하여 식당 주방에서, 농가 창고에서 도피를 위한 위장취업과 위장결혼으로 살아온 3년, 드디어 자유로운 대한민국으로 가는 길을 찾았다. 몇 번의 죽을 고비를 넘기며 꿈을 현실로 만들었다.

꿈에 그리던 대한민국에 탈북 난민으로 입국하던 날, 두 손을 번쩍 들어 자유를 외치면서 너무나 감격해 동료들과 부둥켜안고 한없이 울었단다. 몇 년의 기다림과 굶주림으로 메마른 몸에서 눈물도 말랐으련만 웬 눈물이 그렇게 많이 쏟아지는지 손바닥을 물에 담근 듯 줄줄 흘렸단다.

탈북자들의 모임에 다녀왔다. 외롭기는 마찬가지. 모두가 같은 처지의 북한 동포들인지라, 아픈 마음을 서로가 잘 헤아린다. 생계를 이어가는 일로 몸도 힘들지만 고향과 가족들 생각에 마음도 힘들어 보였다. 산업 현장에서 실수로 다쳐서 병원 신세를 지게 되는 경우가 많다. 병원에 누워있어도 온통 북에 두고 온 부모님과 형제들을 모시고 와야 한다는 책임감과 혼자만 잘 먹고 산다는 죄책감으로 마음이 편할 날이 없다.

함께 돌보던 하만순 회장님이 강호를 병원에 데리고 간다고 연락이 왔다. 건강한 강호가 왜 병원에 가요? 또 다쳤나? 어디가 아프데요? 나도 몰라요. 일단 병원에 가봐야 되겠어요. 이 녀석은 다치기도 잘하고 아프기도 잘한다. 대한민국에 겨우 3년 살면서 손가락 부러져 쉬고 다리 부러져 쉬고, 술 많이 먹어 쉬고 또 병원 신세라니? 그래가지고 언제 돈 벌어서 가족들 데리고 오 겠나. 나 혼자 불만스럽게 중얼거렸다.

간암 말기라는 판정이 내려졌다. 청천 벽력같은 소리였다. 도 저히 믿어지지 않았다. 할 일이 태산같이 쌓여있는데 무슨 소리 인가. 부모님 모시고 와야지, 형제자매 데리고 와야지, 곧 태어 날 뱃속의 아기도 있지 않는가. 이제 막 시작한 대한민국에서의 삶이 3년도 되지 않았는데, 이게 무슨 일인가. 서울로 가보자. 오 진일 수도 있어. 마음을 추스려 새댁까지 데리고 서울의 적십자 병원으로 갔다. 오진이 아니었다. 이제는 수술도 하지 못한단다. 집에 가서 맛있는 것 먹고 쉬란다. 이거 어쩌면 좋아? 아니야, 그 럴 리 없어. 어제까지도 술 마시고 건강했던 강호가 3개월밖에 못 산다니……. 목숨을 담보하고 사선을 넘어왔는데 목숨을 포 기하라니…….

강호는 북에 두고 온 부모님과 형제자매 데려올 생각에 슬픔 과 행복도 다 잊어버리고 살았다. 오직 필요한 건 돈이었다. 돈 만 있으면 평화로운 대한민국에서 부모님 모시고 형제자매들과 함께 살 수 있다는 생각뿐이었다. 일이라면 밤과 낮을 가리지 않 고 열심히 하려고 했지만 마음대로 되는 일이 없었다. 퇴근 후에 는 탈북 선배들과 어울려 고향이야기를 나누면서 한잔하는 것이 유일한 즐거움이었다. 열심히 한푼 두푼 모았으나 손가락을 다 쳐 치료하는 동안 다 써버렸다. 또 열심히 모았으나 넘어지면서 다리가 부러져 치료하는 동안에 또 다 날아가 버렸다.

　남자 혼자 살면서 아무리 벌어봐야 술 먹고 놀기 좋아하는 사람은 돈을 모을 수 없다면서 선배 탈북자의 소개로 같은 처지의 탈북 여인을 만났다. 서로의 처지를 위로하면서 두 사람은 금세 가까워졌다. 굳게 손잡고 열심히 살기로 다짐했다기에 두 사람의 마음 깊이를 알고 나는 결혼식을 주선하였다. 시청에 의뢰하여 통일부의 지원으로 탈북자 합동결혼식을 준비하였다. 혼주로 앉은 우리 부부, 하객인 하만순 회장님과 동료 적십자 봉사원들이 이들의 결혼을 축복했고 가족사진도 찍었다. 이렇게 좋은 날, 어찌 부모님 생각이 안 나겠는가. 한없이 흘러내리는 신랑 신부의 눈물을 보며 예식장은 눈물바다를 이루었다. 아무리 잘해줘도 어찌 우리가 부모님만 하겠는가. 신랑은 주체할 수 없는 눈물과 땀으로 속옷은 물론 양복까지도 흠뻑 젖었다.

　강호는 결국 부모님과 형제자매를 만나지 못하고 태어날 뱃속의 아기도 보지 못한 채 천국으로 홀연히 떠났다. 굳게 잡았던 아내의 손도 뿌리치고, 자유의 땅에서 잘살아 보자던 다짐도 내려놓고 가버렸다. 그토록 그리워했던 대한민국에서 꽃을 피워 보지도 못하고, 슬픔과 괴로움과 고통이 없는 머나먼 천국으로 홀연히 떠났다.

즐거운 집짓기

꿈꾸어 왔던 전원주택이다. 시내에서 멀지 않은 곳, 숲이 있고 물이 흐르는 조용한 곳에 집을 짓기로 하였다. 도심에서 가깝고 오염되지 않은 마을이라 첫눈에 마음이 끌렸다. 경주시 강동면 안계리, 포항시청에서 15분 거리다. 행정구역은 경주, 생활권은 포항. 수자원 보호구역과 문화재 보호구역이 접해 있어 무분별하게 개발할 수 없는 곳이다. 진입로가 비포장이라 불편하긴 해도 지나다니는 차량이 적어 매연도 없다. 상수원 댐이 접해 있어 과수원과 목장도 없다. 산 좋고 물 맑고 공기 좋은 곳이다. 마을 소유 임야를 매매한다기에 망설임 없이 구입하였다.

아내와 나는 밤을 새워가며 각양각색의 집을 수십 채를 지었다가 허물었다를 반복해본다. 목조주택도 짓고, 한옥도 짓고, 양옥도 지었다. 경기도와 충청도의 전원마을 여러 곳을 둘러보기도 했다. 인접해 있는 양동마을도 두 번씩이나 둘러보았다. 하지만 어느 하나도 확실하게 마음에 와 닿는 것이 없었다. 고심 끝에 우리도 기와를 얹은 한옥을 짓기로 하였다.

땅을 측량하고 분할하여 위치와 모양을 표시하였다. 기와지붕에 황토벽돌집으로 건축허가를 받았다. 자연에서 자생한 나무들을 정성을 들여 옮겨 심었다. 벌레가 달려들지 못하게 약을 치고 건강하게 자라기를 바라며 퇴비도 주었다. 산을 허물어 흙을 드러내고 터를 다듬었다. 전기와 식수도 연결하고 이동식 화장실도 준비했다. 장마와 무더위 속에 땅을 파고 철근을 깔아 콘크리트 기초공사를 마쳤다. 기둥과 천장에 필요한 목재의 껍질을 벗기고 다듬고 황토와 벽돌도 준비하였다. 하지만 겨울이라 공사를 할 수 없어 봄이 오기를 기다려야 했다.

해가 바뀌고 우수와 경칩이 지나고 비로소 봄이었다. 벽돌을 두 줄로 하나하나 쌓아 올렸다. 벽돌에 구멍을 뚫어 전기와 수도 배관을 연결했다. 비가 오면 쉬고 젖은 벽이 마르면 다시 쌓아올렸다. 13개월 만에 대들보가 올라가는 상량식을 할 수 있었다. 그동안 공사에 참여했던 업자들이 다 모였다. 목사님과 성도들도 무사히 공사를 마칠 수 있도록 기도드린다. 목수는 집주인이 큰절을 올려야 부자가 된다고 하였지만 나는 망설인다. 몇몇 친구들이 대들보에 매달린 주머니에 돈을 담는다. 돈이 들어가자 대들보가 움직인다. 함성과 박수소리가 터지자 대들보는 서서히 올라간다. 모든 사람들이 먹고 마시고 그야말로 잔칫집이었다.

　가운데 대들보를 위주로 이리저리 작은 보가 걸어지고 널빤지를 빈틈없이 총총 깔고 흙으로 덮었다. 그 위에 기와를 덮고 용마루를 만들어 지붕이 완공된 것이다. 이제는 지붕이 있어 비가 와도 공사가 중단될 걱정은 없다. 흙 공사이다 보니 또 겨울이 적이었다. 날씨가 추워지자 흙이 얼어붙고 물이 얼고 공사가 중단되고 봄이 오기를 기다려야 했다.

　이듬해 봄, 날이 풀리자 다시 공사가 시작되었다. 전기와 보일러를 설치하고 문을 달고 바닥을 바르고 대문과 차고를 만들었다. 장작을 피우고 보일러를 켜놓고 말리면서 보니 흙벽은 터져 갈라졌다. 갈라진 틈에 물을 뿌리면서 소주병으로 여기저기 힘껏 문질렀다. 나무를 옮겨 오고 잔디를 심어 정원을 만들고 뒷산을 이용하여 숲길도 만들었다. 공사를 할 때는 비가 방해를 하더니 공사가 끝나자 무덥고 비가 오지 않아 심은 나무와 잔디에 물을 주느라 밤낮이 따로 없었다.

　이사도 하기 전 처음으로 새집에서 자는데 큰 몽둥이로 나무기둥을 힘차게 내려치는 소리가 났다. 깜짝 놀라 온몸에 소름이 끼쳤다. 숨을 멈추고 귀를 쫑긋 세웠지만 아무런 기척이 없었다. 불을 켜고 한참을 앉아 있었다. 전등을 들고 밖으로 나가 주위를 살펴보았다. 누구냐고 크게 소리쳐 보았지만 아무도 없었다. 하는 수 없이 방으로 들어와 다시 누웠다. 불안해 잠이 오지 않는다. 일어나 한참을 앉아있었다. 그때 '딱' 하는 소리가 다시 들렸다. 가만히 살펴보니 천장의 통나무가 마르면서 갈라지는 소리였다. 잠을 잤는지 밤을 새웠는지 아침 해가 솟았다.

밖으로 나가 솔숲에서 풍겨 나오는 맑은 공기를 마시며 숲 속을 걸어보았다. 과수원이 없어 농약 냄새도 없고 목장이 없어 분뇨 냄새도 나지 않은 곳이다. 도심에서 십여 분 거리에 있는 청정 지역. 그런 곳이 어디 있느냐고 하지만 나는 그곳에 살고 있다. 아침이면 까치가 대문 앞 소나무에 날아와 나를 깨워준다. 댐에서 포식을 한 수백여 마리의 기러기가 대열을 만들어 날아간다. 맑은 하늘을 목이 아프도록 바라보아도 마냥 즐겁기만 하다. 화살나무와 남천에는 여러 종류의 새들이 모여 반상회를 하는 듯 지저귄다. 도심에서 아웅다웅 바쁘게 사는 것보다 자연과 함께 너그럽게 살아보는 것도 정신 수양과 건강에는 더없이 좋다.

사라진 옹달샘

잎이 시들시들하다. 초봄에 심은 잔디와 나무를 살리려면 뿌리와 잎이 마르지 않게 물을 자주 주어야 한다. 특히 무더운 여름철에는 돌아서면 잎이 마르기 때문에 매일 물을 주어야하고 뿌리에는 2~3일에 한 번씩 흠뻑 주어야한다. 가뭄으로 물이 부족해 야간에만 주기 때문에 한 바퀴 돌아가려면 3일이 걸린다.

내가 매일 물을 주는 것을 본 이웃집 이 주사댁 아주머니가 못마땅해 했다. 날이 가물어 사람이 먹을 물도 부족한데 잔디와 나무까지 매일 물을 준다며 핀잔이 심하다. 논과 밭이 마르고 대지가 온통 먼지투성이다. 오랜 가뭄에 씻기지 않은 공기는 숨쉬기조차 힘들다. 논과 밭의 작물들이 타들어가고 마당의 나무와 잔디도 말라간다. 이 주사댁 아주머니의 말씀도 틀린 말은 아니지만, 뿌리가 내리지 않고 타들어가는 식물을 그냥 보고만 있을 수 없어 식수라도 뿌렸던 것이다.

이웃집 원성에 하는 수 없이 샘을 만들기로 했다. 퍼내고 퍼내도 마르지 않던 어릴 적 고향집 우물이 생각났던 것이다. 밭 가에 길을 만들고 계곡 아래 우물을 크게 만들었다. 많은 량은 아니지만 쉬지 않고 물이 나온다. 샘에는 항상 물이 가득히 고여 있었다. 아무리 가물어도 마르지 않아 물 걱정은 없어졌다.

긴 가뭄 끝에 기다리던 단비가 내렸다. 수시로 비가 내린다. 장마가 시작된 모양이다. 나무와 잔디에 물 줄 일이 없어졌다. 갑자기 편안하고 부자가 된 기분이었다. 계곡에는 물이 철철 흘러내린다. 홍수가 날까봐 걱정했는데 다행히 큰 사고 없이 장마가 끝났다. 본격적인 더위가 시작되었다. 다시 물주기를 시작하려고 우물에 갔더니 샘이 흔적도 없이 사라졌다. 산에서 내려오는 물에 모래와 흙이 떠내려와 샘을 메워버렸다.

사라진 옹달샘을 다시 만들려고 삽과 괭이로 구덩이를 파다가 문득 생각이 났다. 샘을 만들어 봐야 비가 오면 또 없어질 터인데 이왕에 만들려면 제대로 만들어 보자는 생각이 들었다. 고민 끝에 작은 옹달샘이 아니라 연못을 만들기로 했다. 굴삭기를 불러 바닥을 파고 자갈을 깔았다. 철근을 세우고 돌을 쌓고 시멘트로 옹벽을 만들었다. 아담하고 조그마한 연못이 되었다. 비와 관계없이 물이 솟는다. 물은 항상 연못 가득히 고였다. 고인 물을 사용하니 물이 고이기를 기다릴 필요도 없고 아주 편리하고 넉

넉하게 사용할 수 있었다.

그러던 어느 날 태풍으로 인해 폭우가 쏟아졌다. 옹벽이 무너질까 물이 넘쳐흐를까 염려되었지만 단단하게 잘 만들어진 옹벽은 넘치는 물에도 안전했다. 그래도 걱정이 되어 연못 아래쪽에 있는 물마개를 뽑아 고여 있던 물을 흘려보냈다. 강수량이 많을 때 저수지 물을 방류하듯이. 연못에 물을 다 흘러 보냈다.

태풍과 장마가 지나가자 기다렸다는 듯 더운 날씨가 계속되었다. 이제 물을 모아야겠다는 생각에 물마개를 막으려고 갔다가 깜짝 놀랐다. 연못은 온데간데없고 쓰레기 야적장으로 바뀌었다. 비에 떠내려 온 비닐봉투, 스티로폼, 나뭇가지, 낙엽 등이 산처럼 쌓여 있었다. 나의 힘으로는 어떻게 할 수 없었다. 하는 수 없이 장비를 동원하였다. 쌓여있는 퇴적물을 다 꺼냈다. 깨끗이 청소한 다음 물을 가득 받았다. 꺼내놓은 쓰레기를 분리하고 정리하는 데 하루가 걸렸다.

가물 때 이용하기 위해 만든 연못이 장마와 태풍으로 쓰레기장이 될까봐 또 걱정이다. 이래도 걱정 저래도 걱정, 세상에 걱정 없이 편안하게 되는 것은 아무것도 없다.

아내의 빈자리

　어느 날, 한 통의 전화가 걸려 왔다. 봉사활동을 하고 있는 어린이재단 포항종합사회복지관이었다. 2008년 10월 17일 서울무역회관에서 사회봉사 부분 보건복지부장관상 수상자로 정해졌다는 내용이었다. 부부가 같이 갈 수 있으니 함께 참석하라는 말도 덧붙였다. 아내도 흔쾌히 가겠다고 하였다.

　시상식이 저녁 시간이라 아내와 고속도로 매표소에서 10시에 만나기로 약속하였다. 나는 일찍 일어나 농장으로 가서 물과 사료를 준비해 놓고 서울로 올라갈 준비물을 확인하기 위하여 집으로 전화를 했다. 웬일인지 몇 번을 눌러도 전화를 받지 않는다. 예감이 이상하여 둘째아들에게 연락했다. 어머니가 전화를 받지 않으니 확인해 보라고 하였다. 잠시 후 전화가 왔는데 어머니가 몸이 많이 아파서 병원에 가 봐야 할 것 같다고 하였다. 갑자기 어젯밤에 열이 나면서 밤새 고생하였다는 이야기에 깜짝 놀랐다. 아내와 함께 가지 못할 것 같은 불길한 예감으로 마음이 조급해졌다. 출발 시간은 다 되어 가고 아내는 연락이 없어 안절부절못하고 있는데 나의 수상을 축하하기 위하여 복지관 직원이 먼저 약속 장소에 도착했다는 연락이 왔다. 더 이상 지체할 수 없어 아들에게 다시 전화를 하였더니 예상대로 아내는 도저히 못 갈 것 같다고 했다. 급히 혼자서 약속 장소로 갔다. 하는 수 없이 꽃다발을 안고 축하하러 온 복지관 직원에게 서울까지 같이 가자고 하였다. 복지관에 연락하여 출장 허락을 받아 함께 출발하였다. 불안한 마음을 안고 달리다가 점심 식사를 하기 위해 칠곡 휴게소에 들어갔다. 아내가 궁금하여 집에 전화부터 하였다. 아내는 진료를 받고 약을 먹으니 조금 낫다고 하였다. 비로소 마음이 진정되었다. 우리는 점심 식사를 간단히 하고 목적지를 향해 다시 출발하였다.

두 시간쯤 달린 후 휴식을 취하기 위해 이천 휴게소에 들렀다. 걱정되는 마음에 집에 또 전화를 하니 이제 겨우 일어나서 물을 마시고 세수를 한다고 하였다. 참으로 다행이었다. 우리는 차 한 잔씩 마시면서 잠시 휴식을 하고 다시 차에 올랐다. 서울에 도착하여 시간을 보니 한 시간 정도 여유가 있어 주변 시가지를 돌아본 후 입장 수속을 밟고는 지정된 좌석으로 가서 앉았다. 하지만 나의 옆자리는 비어 있었다. 빈자리지만 다른 사람은 앉을 수가 없었다. 나는 옆자리를 채우기 위하여 밖으로 나와 진행 요원에게 부탁했다. 같이 동행한 사람이 보호자니 비워진 좌석에 앉게 해달라고 하였지만 제출된 명단과 일치하지 않는다며 거절하였다. 장내가 정리되고 장관의 표창을 받기 위하여 전국에서 개인으로 12명, 기업체 대표가 12명, 모두 24명이 줄을 맞춰 시상식 예행연습을 하였다. 두 번의 예행연습이 끝나고 자리에 가서 앉자 바로 장관이 입장하였다. 수상자들은 차례로 시상대 위로 올라왔고 시상이 끝나자 이어서 축하 공연이 펼쳐졌다. 유명 가수들이 차례로 나와 공연을 하였고 많은 관람객들에게 음악과 무용으로 즐거움을 안겨 주었다. 뒤에 앉은 축하객과 수상자들 모두 흥겨워하며 즐거운 시간을 가졌다. 그러나 나는 쓸쓸함과 허전함, 또 뒤에서 기다리는 복지관 직원을 생각하니 즐거움은 커녕 마음이 편하지 못했다.

축하 공연이 끝나고 식사 시간이 되었다. 사회자가 하는 말이 오늘의 수상자를 위하여 최고급 요리를 준비했으니 맛있게 드시라고 하였다. 배가 고프던 참이어서 입에서는 군침이 흐르는데 막상 나오는 식사를 받아보니 내가 제일 싫어하는 스테이크였다. 나는 평소에 스테이크를 먹으면 소화가 잘 안되어 꼭 체증을 느낀다. 그래서 양식당에는 잘 가지 않을 뿐더러 혹 가더라도 스프와 야채로만 밥을 먹는다. 만찬이 끝나고 밤 9시가 되어서 오늘의 모든 일정이 마무리 되었지만 기뻐야 할 시상도, 즐거운 여흥도, 맛있는 식사도 나에겐 별 의미가 없었다. 축하객들은 돌아가고 수상자들은 내일의 서울 나들이를 기약하면서 각자 잠자리로 향했다.

우리가 평소 공기나 물의 소중함을 모르고 살아가듯, 나도 평소엔 아내의 존재에 대해 특별한 의식이 없이 살았다. 오늘처럼 아내의 빈자리가 크게 느껴진 적이 없었다. 반평생을 나의 옆에서 있는 듯 없는 듯 살아왔지만, 아내는 이 세상 누구보다도 나에게 큰 힘이 되고 있었다는 걸 오늘에야 깨달았다.

단란했던 가족을

부부는 그림 같은 집을 지으려고 우백호 좌청룡 최고의 명당을 찾아다녔을 것이다. 태풍이 불거나 홍수가 나도 걱정이 없는 안전한 곳을 찾았을 터이다. 튼튼하고 포근한 둥지를 짓느라고 여러 날 땀을 흘렸으리라. 신방을 차려 오순도순 살다보니 삼 남매가 태어났다. 나는 아들을 위하여 단란한 그 집을 부셔버렸다. 그리고 어린 삼 남매까지 죽이고 말았다.

작은아들로부터 전화가 왔다. 아버지, 집 좀 빌려 주세요. 갑자기 집은 왜? 친구들과 여름 휴가를 포항에서 보내기로 했어요. 그런데 펜션을 빌리려고 알아보니 너무 비싸 안 되겠어요. 아버지 아래채 좀 빌려 주세요. 평소에 사용하지 않는 아래채인지라 아들 친구들이 모인다고 부탁하는데 거절할 수 없었다. 젊은 사람들이라 어린 아이들까지 데리고 온다고 했다. 오랫동안 사용하지 않던 집이라 실내가 엉망진창이었다.

구석구석 거미줄과 먼지를 털고 씻고 닦았다. 벽지를 바르고 장판도 새로 깔았다. 창문을 다 열어 놓고 화장실에 물이 나오는지 샤워를 할 수 있는지 여기저기 살펴보았다. 전기가 들어오는지 불은 켜지는지 확인하고 불이 들어오지 않는 전구는 바꿔 끼웠다. 방이 따뜻한지 보일러에 불을 지피고 온도를 높여 보았다. 마지막으로 환기가 잘 되는지 렌지후드를 돌리는데 공기가 빨려 나가는 소리와 함께 어디선가 이상한 소리가 들렸다. 귀를 기울이고 걸음을 멈추었다. 새 소리였다. 여기저기 찾아보았지만 새는 보이지 않았다.

환풍기 소음으로 인하여 어디서 나는지 알 수가 없다. 환풍기를 껐다. 천장에서 쩍쩍거리는 소리가 들렸다. 소리가 나는 방향으로 살금살금 다가갔다. 숨을 멈추고 귀를 기울였다. 천장이 아니라 싱크대 위, 렌지후드 속이었다. 이상하다 싶어 의자를 놓고 올라가 후드를 당겼다. 아뿔싸, 세상에 이런 일이. 지푸라기가 후드 속에 가득히 쌓여있고, 그 위에 뽀송뽀송 솜털로 덮인 새끼새 세 마리가 있었다. 한 마리는 쓰러져 일어나지 못했다. 만져보니 따뜻한 기운이 남아있었다. 다른 한 마리는 살아있었지만 목을 가누지 못하고 숨만 헐떡거렸다. 오직 한 마리만이 쩍쩍거리며 어미를 찾고 있었다.

후드 속에 어떻게 새가 살고 있을까. 새끼 새가 후드 속에 어떻게 들어갔을까? 참으로 궁금했다. 이래저래 생각해 봐도 이해가 되지 않는다. 어미가 어디로 어떻게 들어와 이곳에 보금자리를 틀고 새끼를 낳았는지 도무지 알 수가 없었다. 살아있는 새를 들고 밖으로 뛰어갔다. 밖에는 멧새 두 마리가 자식을 찾느라 짹짹거리며 난리 법석이었다. 어미 새가 보라고 의자 위에 살며시 올려놓았다. 사다리를 가져다 놓고 환기통을 들여다 보았다. 어미 새가 내 옆을 휙휙 날아다니면서 공격할 태세였다. 아니, 공포 분위기를 조성했다. 한바탕 전쟁이 일어날 것 같았다. 환기통이 그대로 뻥 뚫려 있었다. 깊이 손을 넣어 보았다. 둥지가 손끝에 만져져 꺼내려고 하였지만 더 밀려들어가 버렸다.

다시 집 안으로 들어와, 렌지후드를 당겨 환기통을 확인해보니 새끼를 키우던 둥지가 떨어져 있었다. 렌지후드를 뜯고 둥지를 꺼냈다. 살아있는 새끼를 둥지에 담아 올려놓았다. 후드 속을 깨끗이 치우고 다시 연결하였다. 바깥 연통 끝에 철망을 씌워야 하는데 철망이 없었던 것이다. 급한 김에 양파자루를 찢어 동여맸다. 잠시 후 살아있던 한 마리라도 살려야지 하는 마음에 새끼 메뚜기를 잡았다. 먹이려고 갔지만 그마저 숨을 멈추었다.

둥지 안에서 어미를 기다리던 삼 남매가 갑자기 태풍이 몰아치자 깜짝 놀라 도망간다는 것이 그만 후드 위에 떨어졌나 보다. 깜깜한 곳에서 살려달라고 짹짹거렸을 것이다. 그것도 모르고 내가 렌지후드를 당기는 바람에 삼 남매가 목숨을 잃은 셈이었다. 그림 같은 집에서 오순도순 살던 가정이 풍비박산이 되었다. 어미 새는 자식을 구하려고 괴성을 지르며 통곡했다. 죽은 새끼들을 들고 장례를 치르기 위해 사체를 종이봉투에 담았다. 삽을 들고 비탈길 양지바른 곳 찔레넝쿨 아래 구덩이를 팠다. 속죄하는 심정으로 기도하며 고이고이 묻어주었다. 렌지후드만 열지 않았어도 새끼는 죽지 않았을 텐데, 후드와 후드 집 공간이 너무 좁아 머리를 부딪쳤을 것이었다.

사람이나 동물이나 안전한 곳을 택하여 보금자리를 만들어 자식을 낳고 기르면서 행복을 꿈꿀 텐데, 새끼들을 한꺼번에 잃고 방황할 어미 새들이 자꾸 눈에 밟힌다.

나는 뺑소니

점심으로 시원한 콩국수를 먹고 오는데 사방에서 짙은 먹구름이 몰려오더니 갑자기 천지가 암흑의 세계로 변했다. 장대 같은 소나기가 쏟아지면서 달궈진 대지의 열기를 식혀준다. 한참을 두드리던 소나기는 흙먼지로 덮여 있던 도로를 깨끗하게 청소하였다. 그것도 잠시, 언제 비가 왔나 싶을 정도로 갑자기 하늘이 맑아졌다. 공기 속에 날아다니던 오염된 먼지가 깨끗이 씻겨 호흡하기도 한결 가벼워졌다. 그래도 여름인지라 상큼하면서도 후텁지근했다. 해질 무렵이 되면서 맑았던 하늘이 다시 흐려졌다. 이슬비가 부슬부슬 내렸다. 흐린 날씨 때문인지 이른 시간인데도 어둠이 빨리 찾아왔다. 부슬부슬 내리던 빗줄기가 조금씩 굵어진다. 늦은 시간은 아니지만 밖에는 벌써 캄캄해졌다.

퇴근을 서둘렀다. 가로등 불빛도 희미하게만 느껴지는 복잡한 도심의 수많은 차량의 불빛도 빗속에 가려 흐리기는 마찬가지였다. 안경 너머 보이는 도로를 이리저리 헤치면서 조심스럽게 달려갔다. 창포동과 우현동 사거리를 지났다. 정체된 차량의 뒤를 따라 용흥동을 올라가니 제일교회의 네온사인과 종탑에서 밝혀주는 불빛이 길 양쪽에 이어진 연하재 공동묘지를 밝혀준다. 멀리 바라보이는 가로등 불빛이 눈앞에 다가왔다. 대련인터체인지를 빠져나왔다. 가로등 없는 시골길, 비 내리는 밤 전조등을 켜고 가지만 거리는 몹시 어두웠다. 고속도로와 갈라지는 길, 기계 방향으로 좌회전 하자마자 바로 내리막길이 이어졌다. 위로는 고속도로가 지나간다. 내가 달리는 차선 한복판이었다. 비를 피하는 듯 토끼 한 마리가 두 다리를 들고 서 있는 모습이 희미하게 보였다.

순간, 저걸 비켜야 한다는 생각이 스쳤다. 급히 브레이크를 밟아본다. 차가 다가와도 아랑곳하지 않는 토끼가 차선을 넘어 살짝 비켜간다. 겁에 질린 토끼가 줄행랑을 친다. 하지만 방향을 잘못 잡은 토끼는 내가 옮겨가는 차선으로 뛰어들었다. 나 또한 부딪치지 않으려고 다시 차선을 바꾸려고 하는데 툭 하는 소리가 들렸다. 차 안에서 반사경으로 뒤를 확인하니, 안타깝게도 차에 부딪힌 토끼는 길가로 튕겨나간 듯했다. '아차, 불쌍해라. 어쩌지?' 하면서도 곧바로 차를 세우지 않았다. 멈출까 말까 망설이며 주춤주춤 하다가 그대로 내달렸다.

집까지 도착하는 동안 운전을 어떻게 했는지 온통 토끼에 대한 생각뿐이었다. 토끼의 가족들은 어디 있는가? 형제들은 어디 두고 왜 혼자였지? 대문 앞에 차를 세우고 한숨을 몰아쉰 나는 한참을 앉아 있었다. 다시 가서 토끼의 생사를 확인하고 싶었다. 하지만 비오는 밤이라 뭔가 불길한 생각이 들어 그냥 집안으로 들어와 버렸다. 집 안에 들어오는 중에도 토끼 생각 때문에 안정이 되지 않았다. 토끼를 죽였다는 생각에 자꾸만 불안했다. 집에 들어와서도 아내에게 아무런 이야기도 못 했다. 여느 때처럼 태연하게 샤워를 하고 나왔다. 저녁식사를 마치고 뉴스를 보다 잠자리에 누웠지만 길가에 쓰러져 있을 토끼 생각에 이리저리 뒤척이다 겨우 잠이 들었다.

궁금한 아침, 어제 토끼가 서있던 모습과 툭 하면서 튕겨서 길가에 떨어져있던 모습이 눈에 선하다. 잠시 누웠다가 살아서 산으로 돌아갔으면 얼마나 좋을까 하는 생각이 간절했다. 다른 날보다 일찍 집을 나섰다. 하지만 불안한 출근길 핸들이 가볍지는 않았다. 괜히 창밖을 향해 사방을 두리번거렸다. 뒤에는 많은 차량이 밀려오지만 아랑곳하지 않고 잠시 차를 세웠다. 토끼가 튕겨 나갔던 장소를 둘러보았다. 밤새 얼마나 많은 차들이 지나갔는지 너덜너덜 여기저기 조금씩 널려 있는 토끼의 사체는 전혀 형체를 알아볼 수 없었다. 죄 없는 토끼, 안타까운 마음에 가슴이 두근거렸다. 속죄하는 마음은 흩어져 있는 사체를 끌어 모아 산에 묻어 주고 싶었지만, 밀려오는 차량의 시선에 그냥 출발했다.

　인간들의 편리함을 위하여 산과 들을 마구 절단하여 도로를 만드는 바람에 동물들이 다니는 길은 막혀버렸다. 먹이를 찾아, 아니면 잃어버린 가족을 찾아 산을 내려왔다가 돌아갈 길을 찾지 못해 우물쭈물 하는 사이에 교통사고를 당하는 동물들이 얼마나 많은가. 쭉쭉 뻗은 길이 자고나면 하나씩 생기는 것 같다. 산짐승들이 다니는 길을 굳이 거리 제한을 두지 말고 숲이 우거진 지역은 좀 더 많은 통로를 만들어 저 토끼처럼 비명횡사하는 동물들이 없었으면 좋겠다. 숲과 인간과 동물들이 더불어 사는 세상이 아름답지 않은가.

빗나간 사랑

    그동안 기울인 내 정성과 노력이 결국 물거품이 되고 말았다. 아침에 일어나면 제일 먼저 나가 보고 퇴근하여 집에 와도 아내보다 먼저 다가가서 오늘 하루 잘 있었냐며 바라보기도 했다. 가끔은 막걸리를 사와서 우리 서로 건강하게 잘 살자며 너도 한 잔 나도 한 잔 주고받기도 했다. 그토록 마음을 쏟고 잘 자라기를 기도했는데도 끝내 소생하지 못하고 그만 세상과 하직하고 말았다.

    살려보려고 여기저기 다니면서 용하다고 소문난 사람은 다 불러 보았다. 약도 좋다는 약은 다 사용해 보았지만 백약이 무효였다. 갈수록 생기를 잃어가는 모습을 쳐다보자니 한숨이 절로 나왔다. 슬픈 마음을 가다듬고 죽은 놈을 한참 동안 안고 있었다. 사람들은 죽은 놈을 그냥 두지 말고 화장하라고 하였지만, 1년 동안이나 그대로 방치해 놓았다. 어떨 때는 너무나 허탈하고 아쉬워 한동안 바라보며 멍하니 서 있기도 했다. 장마와 태풍도 꿋꿋하게 견디고 세찬 눈보라에도 의연함을 잃지 않던 모습을 생각할수록 후회와 자책감으로 가슴이 아렸다. 하는 수 없이 전기톱으로 베어서 토막을 내었다. 수북이 쌓아올린 더미에 불을 붙이자 차츰 거센 불길로 타오르기 시작했다. 시랑고랑 하다가 흉한 몰골로 말라죽은 모습 속에 저토록 뜨겁고 맹렬한 인화력이 들어 있었다니……. 하늘 높이 치솟던 불길은 한나절이 지나서야 사위기 시작해서 한 무더기 재를 남겼다.

새로 터를 잡고 지은 집 뒤편에 멋지게 생긴 소나무가 한 그루 서 있었다. 그 나무를 집 앞 마당으로 옮긴다면 더없이 멋진 조경이 될 거란 생각에 이식을 하기로 결심을 했다. 그 방면의 전문가를 불러 가능성을 타진해 보았다. 나무가 크고 수형이 좋아서 잘 살리기만 한다면 수천만 원을 호가하는 가치가 있겠지만, 나무의 기력이 약한 편이고 병충해에도 감염이 된 것 같아 쉽지는 않을 거란 의견이었다. 상당한 비용을 감수한다면 가능성이 없는 것은 아니라고 하는 말에 더 솔깃해서 이식을 하기로 마음을 굳혔다.

거목이 이사 가는 데 필요한 준비물을 구입하러 시장에 들렀다. 조경사가 일러준 대로 뿌리를 동여매는 데 필요한 두루마리 마대 두 박스와 고무줄 한 박스를 먼저 구입했다. 철물점에 가서 가는 철사와 굵은 철사도 구입하였다. 추위에 얼지 않고 벌레가 침투하지 못하게 둥치를 동여매는 데 필요한 진흙과 얇은 마대도 빼놓지 않았다. 바람에 흔들리지 않고 편안하게 뿌리를 내리고 잠을 잘 수 있게 할, 나무를 고정시키는 데 필요한 8미터짜리 큰 쇠파이프 세 개와 걸고리도 샀다.

조경사는 새벽같이 작업 인부를 세 명이나 데리고 나타났다. 나무를 옮길 대형 크레인과 굴삭기도 뒤따라 왔다. 크레인 상단에 사람이 올라가더니 나무 상단을 묶어 넘어가지 못하게 고정시켰다. 나무와 2미터 간격을 띄우고 굴삭기로 땅을 파고 내려갔다. 옆으로 길게 뻗어난 뿌리가 나타나자 톱으로 자르고 약을 발라 치료를 한다. 허리춤까지 올라오는 구덩이를 빙 둘러 파더니 곡괭이와 삽을 이용하여 옆으로 파고 들어가 마대와 고무줄로 동여맨다. 크레인의 힘을 이용하여 나무를 살며시 옆으로 누이더니 아래쪽을 자르고 다듬어 약품 처리를 하고 다시 마대와 고무줄과 철사로 공간도 없이 꽁꽁 동여맨다. 다시 반대 방향으로 나무를 기울이더니 또 뿌리를 자르고 흙이 흐르지 않게 마대와 고무줄과 철사로 탱탱하게 고정시킨다. 다시 반대쪽으로 완전히 눕히고 뿌리 전체를 마대와 굵은 철사로 꽁꽁 동여맨다. 동여맨 뿌리의 직경이 4미터나 되지만 흙은 한 줌도 새지 않게 만들었다.

살짝 나무를 들어 세우더니 조경사가 올라가 중간중간 불필요한 가지를 모두 제거한다. 쭉 뻗어있는 높은 가지를 옆 가지와 조화를 이루도록 고르게 자른다. 대형 크레인으로 나무를 들고 굴삭기는 뿌리를 부축하고 사람들은 가지마다 긴 밧줄로 묶어 당기면서 살금살금 새로운 둥지로 이동했다. 나무를 세우고 뿌리와 둥치, 가지 전체에 약을 흠뻑 치고 나니 하루해가 기울었다.

다음 날도 일찍이 조경사들이 왔다. 한 사람은 뿌리의 아래쪽에 쇠막대기를 끼워 넣더니 수돗물을 틀어놓고 막 흔들어 물과 흙을 밀어 넣는다. 조경사는 크레인을 타고 이 가지 저 가지 건너다니면서 둥치와 가지에 벌레가 침투하지 못하게 얇은 마대를 촘촘히 감는다. 또 한 사람은 진흙에 물을 부어 반죽을 만들어 나무둥치와 모든 가지에 빈틈없이 바른다. 비바람에 흔들리지 않게 쇠파이프로 고정시켜 마무리를 하니 또 하루해가 기울었다. 오십여 미터 거리에 나무 한 그루 옮기는 데 이틀이나 걸렸다.

그 후로도 일 년에 서너 차례씩 약을 치고 영양제까지 주렁주렁 달아 주면서 자식 키우듯 애지중지 삼 년 동안이나 온갖 정성과 노력을 기울였다. 한 해가 지나자 제법 생기를 띠기 시작해서 새로운 터전에 적응을 하는가 싶었는데, 삼 년이 지난 후부터 왠지 징후가 좋지를 않았다. 기력이 쇠해서 병충해를 이기지 못한 탓인지 차츰 잎이 마르기 시작하더니 사 년 만에 완전히 고사하고 말았다.

　지난 사 년 동안 내가 기울인 노력과 정성과 엄청난 비용을 생각하면 그렇게 죽어버린 소나무가 야속하기 짝이 없었다. 하지만 그것은 어디까지나 나의 이기심과 그릇된 판단이 불러온 결과였다. 나무의 처지에서 보자면 멀쩡하게 살고 있는 나무를 생으로 뽑아 옮겨서 죽게 만든 것밖에 아무것도 아니었다. 나무를 위해 정성과 수고를 다했다고 하지만 한 번이라도 역지사지로 나무의 처지가 되어본 적이 있었던가. 내가 그토록 애착을 한 것은 이기심의 대상이었지, 나무 그 자체가 아니었던 게 아닌가. 진정으로 나무를 아끼고 사랑하는 마음이 있었다면 어떻게 함부로 뽑아서 내 집 마당으로 옮길 생각을 했겠는가.
　흔히들 자연을 사랑하고 보호해야 한다고 하지만 자연은 결코 인간의 사랑과 보호 따위를 원치 않을 것이다. 아무런 간섭을 하지 말고 내버려 두는 것이야말로 진정으로 자연을 위하는 일이란 것을 미처 몰랐다. 내가 지금 사랑이라고 믿고 있는 것들이 사실은 탐욕과 이기심에서 나온 집착에 불과한 것이 아닌지를 돌아보아야겠다.

〈해설〉

살아가는 것, 인생이라는 롤러코스트

여세주 | 문학평론가, (전)경주대학교 교수

김종숙의 수필집 《가난하고 힘들어도》는 작가의 기억에서 건져 올린 생생한 인생경험들을 기록한 작품들로 가득하다. 인생을 살아 오면서 겪었던 숱한 고빗사위와 삶의 보람을 그린 수필들을 연대기 적 순서에 따라 편철했다. 그렇다고 해서, 자서전이라고 할 수는 없 다. 서사적 연속성을 갖춘 한 편의 이야기로 구성되어 있지는 않기 때문이다. 작품의 대부분이 작가의 인생 역정을 회상하는 글들이라 는 점에서, 자전적 수필집이라고 이름 붙일 만하다. 바꾸어 말하자 면, 김종숙 수필의 특성은 한마디로 자전적 수필이라 할 수 있다는 것이다.

수필은 자전적 성격이 두드러진 장르다. 작가 자신의 삶을 되돌아 보고, 자기를 드러내고 찾으려는 문학이다. 수필 텍스트의 중심은 항상 자아가 차지한다. 때로는 타자를 텍스트의 전면에 내세우고 자아가 문면 뒤에 숨어있는 경우라 하더라도, 이때의 타자는 자아의 객관적 상관물일 뿐이며, 텍스트의 주체는 역시 작가 자신이다.

작가 김종숙은 자신의 경험을 세밀하고 생생하게 기록하여 전달하는 데에 충실하고 있다. 체험한 사실이나 상황을 기록한다는 교술문학의 고유한 속성을 따른 것이다. 기록성에 충실하다보니, 미학적 구성 전략이나 언어의 수사적 운용에는 관심이 없다. 직설적으로 기록해 나가는 문장의 평이함과 상식을 초월하는 기이한 경험들이 독서를 재촉한다.

그러나 김종숙의 수필이 기록적 가치만 지닌다고 할 수는 없다. 기억의 한계성 때문에 과거의 경험을 있는 그대로 기록한다는 것은 사실상 불가능하기 때문이다. 작가는 기억을 그대로 기록하는 것이 아니라 재구성하는 셈이다. 그 과정에는 작가의 현재적 관점이 개입한다. 글을 쓰는 과정에서 작가는 자신의 경험을 나름대로 특징짓고 윤곽을 뚜렷하게 하는 등의 재구성 작업을 통해서 자신의 초상을 새로 그려낸다. 그래서 수필이라는 하나의 텍스트 속에 탄생되는 자아는 과거의 실제와 닮은꼴이면서 현재적 모습을 띠게 된다. 따라서 아무리 기록성에 치중한다 하더라도 문학적 창조성을 지닐 수밖에 없다.

《가난하고 힘들어도》에 수록한 대부분의 작품들에는 페르소나의 목소리가 최소화되어 있다. 사유를 통해 경험을 해석하고, 그것의 현재적 의미를 애써 부여하려고 하지 않았다. 경험의 형상화를 위한 구성도 의도하지 않았다. 그런 것들이 현대 문예미학의 관점에서 볼 때 작품의 문학적 완성도에 걸림돌로 작용할 수도 있다. 그러나 자전적 글쓰기의 원초적 특징이 그러하다. 자전적 글쓰기에서는 실제적 경험들이 형성해 내는 총체적인 그림이 그려지면 그만이다.

김종숙 수필세계가 그려내는 그림 내지 메시지는 '인생을 살아가는 것'에 해답이다. 인생은 롤러코스트를 타는 것과 다르지 않다는 메시지를 던지고 있다. 롤러코스트는 높이 올라가 나선형으로 빙글빙글 돌거나 거꾸로 한 바퀴씩 돌기도 한다. 롤러코스트를 타고 있는 사람은 그 순간마다 공포의 전율을 느끼지만, 그 아찔한 순간을 넘었을 때에는 공포로부터 해방되는 데서 오는 카타르시스를 통해 환희를 맛본다. 김종숙의 수필을 통해 드러나는 작가의 인생 역정도 롤러코스트를 타는 것과 다르지 않다. 작가의 유년은 지독한 가난 때문에 힘들었고, 그 가난을 극복해 나가는 청년기와 장년기에는 삶의 힘겨운 고비를 몇 번이나 넘어야 했다. 가난하고 힘들어도 좌절하거나 지치지 않고 인고의 노력을 쏟은 끝에 삶을 성공적으로 이끌어왔다.

롤러코스트에 거꾸로 매달려 있으면서도 아래로 떨어지지 않고, 밖으로 튀어나가지도 않는 것은 구심력求心力과 원심력遠心力의 원리가 작용하기 때문이다. 구심력은 원운동을 하고 있는 물체에서 원의 중심을 향하여 작용하는 힘이고, 원심력은 관성력으로서 원의 바깥으로 나아가려는 힘이다. 김종숙의 삶에서 그 구심력과 원심력은 무엇이었을까? 그의 삶을 지탱해온 일상의 철학은 어디에서 오는 것일까? 김종숙의 작품세계가 보여주는 삶의 구심력과 원심력은 '살아가는 것'과 '내일이 있다는 것'이다. 생명이기에 죽지 않고 살아가야 한다는 것이 구심력이며, 오늘로 세상은 끝나지 않고 내일이 있다는 것이 원심력으로 작용한다. 이는 작가가 지닌 삶의 동력이면서 일상의 철학이다. 그의 수필세계에 깔려 있는 이러한 세계관이 만년의 작품에는 내일의 삶이 있다는 것을 깨우쳐 주는 사회봉사활동의 보람이나 참새나 토끼, 그리고 소나무 등 살아있는 생명체에 대한 존중과 연민으로 나타나 있다.